中公文庫

俳句とあそぶ法

江國　滋

中央公論新社

目次

俳句とあそぶ法

1　俳句を、どうぞ

俳句をひねる、という。

あれは「ひねる」ものなのか。子供のころのなぞなぞあそびに、水道のことをヒネルトジャーデルというのがあったけれど、俳句は水道のようなわけにはいかない。ひねってもひねっても出てこないときは出てこない。ひとつ俳句でもひねってみようか、というぐあいに、だいたい「でも」つきで用いられることが多いようだが、ひねるのだって楽ではない。

俳句をもてあそぶ、ともいう。

弄ぶ、とも、玩ぶ、とも、翫ぶ、とも書く。どうちがうのか。いつも手許に置いて重宝している武部良明氏の名著『漢字の用法』（角川小辞典2）にはこう出ている。

〔弄〕自分のもののように、かってに動かすこと。例＝人の感情を弄ぶ。運命に弄ばれる。

〔玩〕好きなものとして、楽しむこと。例＝笛を玩ぶ。花を玩ぶ。奇を玩ぶ。玩び物のおもちゃ。

〔翫〕心の慰めとして、愛すること。例＝美女を翫ぶ。俳句を翫ぶ。

そうか、俳句と美女は「翫ぶ」か。翫《もてあそ》んで、だが、棄ててはいけない。棄てたら「弄《もてあそ》ぶ」に堕してしまう。

ふつうは、俳句を作る、という。

俳句を詠む、ともいう。

「いいえ、俳句は詠むものじゃありません、浮かぶものです」

そう言い放ってはばからなかったのは、即興句の名手久保田万太郎だった。現に、こんな前書きつきの句まで残している。

おのづと口にのぼりたる、四文字、三文字、五文字なり

春待つや万葉、古今、新古今　　万太郎

うーん、浮かぶもんだ、さすがだな、と思う。思うけれども、句意は？　と問われたら、返答に窮する。前書きがなかったら、ほとんど支離滅裂である。口にのぼりたる、といえば聞えがいいけれど、早い話が、口からでまかせということではないのかと思いながら、万葉、古今、新古今と呪文のようにとなえているうちに、なんとなく「春待つや」という気がしてくるところがこの句の眼目、すなわち、芸である。

浮かぶものです、という万太郎の言葉で反射的に思いだす句がある。

毎年よ彼岸の入りの寒いのは　子規

正岡子規のよく知られる句だが、この句にも、たしか、母堂の呟きがそっくりそのまま俳句になったのだ、という意味合いの前書きがついていたと記憶する。母堂の独り言なら、正真正銘、これこそ「浮かんだ」句である。

句を案ずる、という言い方もある。対象を前に、ああでもないこうでもないと考えては工夫をこらすのが「案ずる」で、だから完成作品に対して、推敲以前の原型句を「初案」という。

ひねる、もてあそぶ、作る、詠む、浮かぶ、案ずる……。

どれでなくてはいけないということはない。どれがよくないということもない。ひねるだの、もてあそぶだの、そういう態度は不謹慎だというふうにも考えない。ひねるのも、もてあそぶのも、一つの作句態度であると考える。だからといって、命をけずるような思いで一句に心血をそそぐ専門俳人の真剣な作句態度をかろんじる気はさらさらない。そこまで打ち込めたら、さぞすばらしかろうと思う。ただし、それが職業ということになったら、さぞつらかろう、とも思う。

素人が、なにもつらい思いまですることはない。もてあそんで楽しければ、それがいちばんである。巧拙は別として、とりあえずだれにでももてあそべるように出来ているのが俳句であり、もてあそべば、奥行が深い。それでいてお金はかからない。紙と鉛筆と歳時記さえあれば、生涯楽しめる。高齢化社会の悲惨が目前に迫っているいま、中年から老後にかけての趣味にはもってこいである。ということは若者たちには無縁、もしくは不似合いな趣味かというと、それがそういうものでもないらしい。俳句は古いもので、古いものならアンチークで、アンチークはすなわちナウいのである。趣味？　俳句を少々、なーんちゃってカックいー、というような要素が、俳句にはたしかにある。

いま、俳句ブームなんだそうである。

それも、若い人たちや、主婦を中心とする三十代四十代の女性のあいだで、このところ俳句人気が急上昇中で、カルチャーセンターの俳句講座などはどこも超満員の盛況だという。同時に、企業内、官庁内の同好会活動もとみに活性化しているとも聞いた。

〈ブーム爆発！　いまなぜ俳句なのか〉
〈「枯れて古い」は昔の話〉

こんな大見出しを掲げて特集記事を組んでいたのは『週刊現代』（昭和五十八年四月三十日号）である。

時代の先取りにかけては目が横に切れているような週刊誌が、貴重な誌面を四ページも割いて、ブームだブームだというのだから、ブームなのだろう。少なくとも、ブームの火《ひ》種《だね》は存在しているとみていい。どれぐらいの火種が存在するのか。

俳句人口百万人。

記事にはそう出ている。編集部の当て推量ではなくて、社団法人俳人協会にお勤めの俳人村沢夏風氏が談話の中で述べておられる数字だから、もちろんしかるべき根拠はあるのだろう。

さはさりながら、である。

〝なになに人口〟という呼び方のこの種の数字が、私にはどうしても得心がいかない。ゴルフ人口、麻雀人口、パチンコ人口、競馬人口、カラオケ人口……これ、みんな不思議である。厖大《ぼうだい》な不特定多数の集合を、どうやって算出するのかと思う。

早い話、俳句人口百万人の中に、この私は入っているのかいないのか。

私の場合、どこの結社にも俳誌にも所属していない。俳人協会員でもない。ただ、句会には参加している。気の合った友人たちと語らってスタートさせて以来、月に一度の開筵《かいえん》、年に二、三回の吟行を欠かさず続けて、もう十五年になる。十五年ぐらいで「もう」とはおこがましい、というのも一つの見方だけれど、石の上にも三年の五倍だ、という考え方もある。

十五年は、長いか短いか。

正岡子規が本格的に作句活動を開始したのは明治二十四年、二十五歳のときからだった。亡くなったのが明治三十五年、三十六歳。正味十一年で、あれだけの業績を残し、あれだけの巨人になった。ただし、子規のはじめての俳句は明治十八年に発表されていて、それが厳密な意味での処女作とされている。最後の作は、死の当日、気力をふりしぼって認《したた》めた有名な糸瓜《へちま》の句である。

朝霧の中に九段のともし哉　子規（処女作）
痰一斗糸瓜の水も間にあはず　同（絶筆）

この二句のあいだに横たわっている歳月にしても十七年である。私の十五年と、いくらも変らない。正味十一年という実質活動期間と比べたら、むしろ私のほうが長い。子規の一年も私の一年も、同じ一年である。あっちは天才こっちは凡才という決定的な違いはあるけれど、それはまあ、いうなれば俳句の偏差値みたいなもので、偏差値については、おたがい、深追いするのはやめましょう。で、偏差値さえ問わなければ、私の作句歴は子規並みである。当然、俳句人口の一人分を占めるはずだが、国勢調査じゃあるまいし、そういう数え方をするわけがないのだから、あの数字に私が入っているとは考えられない。だったら、俳句人口は百万一人ということになりはしないか。

そんなことを本気で考えているわけでは、もちろんない。謂《い》うところの〝なになに人口〟というおおたばな数字に対するかねてからの疑問を、屁理屈に託して提出してみただけの話である。

あげ足とりはともかくとして、現実に、結社にも句会にも属さないで、もっぱら新聞や雑誌の俳句欄に句を投じることで、こつこつ勉強している実作者の数は厖大なものにのぼるだろうし、日本中の老人ホームや〝寿大学〟といった施設で、俳句を老いの伴侶として いる人たちも少なくないだろう。刑務所の独房や雑居房で、前非を悔いながら五七五と指を折っている人びとの存在も忘れるわけにはいかない。

そういう潜在人口、つまり俳句ブームの裾野までを包括して考えていくと、俳句人口は百万人ではきかないのではないか。

「おっしゃるとおりなんです」

白髪痩身、鶴を思わせる風丰《ふうぼう》の村山古郷《こきょう》氏が、某日、おだやかな口調で首肯された。村山さんは、故石田波郷《はきょう》の盟友で、結社『鶴』の同人で、俳誌『嵯峨野』の主宰者で、名著『明治俳壇史』の著者で、同時に俳人協会の理事でもある。

なんだこいつは、協会職員が百万人だといっているのに、職員をとびこして理事に直接質《ただ》さなきゃ気がすまないのか、というふうに万が一にも村沢夏風氏に受取られては、まことにつらい。村山古郷さんとは、私、縁あって古いおつきあいなのである。たまたま俳句ブームの特集記事を読んだ直後に、久しぶりにお目にかかる機会があって、話があっちこっちにはずむうちに、ひとりでに俳句人口の話になった。

「これはねえ、江國さん」

「はあ」

「数えようがないんですよ。わたしらも、いろんな数字を口にするんですが、どれも根拠あってのことじゃないんでしてね。とらえ方ひとつでずいぶんちがってきますでしょ。ですからね、俳句人口というと──」

同じ俳句関係者のあいだで、と笑いながら村山さんがいった。

「百万人から八百万人といわれているんです」

アバウトといいたいところだけれど、こうなると、もはや〝幻の俳句人口〟である。なかをとって四百万人という平均値を出してみたところで、意味があるとは思えない。

「なんかこう、多少なりとも現実に即して考えられないでしょうか」

「そりゃ、ま、手掛りぐらいだったら」

まず「俳人」の数である。

純粋に俳句を作ることだけで食べていける字義どおりの「俳人」が、このせちがらい世の中に、そもそも存在するのだろうかというようなことを考えはじめたら、話はややこしくなる。ここでいう「俳人」は、俳壇に属している人、というほどの意味である。

野球にセとパあり、ボクシングにＷＢＡとＷＢＣあり、俳壇にも二組織あり。

有季定型・旧仮名墨守を創立以来の大原則としているのが俳人協会で、会員数約七千人。どちらかといえば前衛的傾向が色濃いとされているのが現代俳句協会で、会員数約二千人。合わせて九千人の「俳人」が、計算上は存在するわけである。ほとんどがアマチュアであることはいうまでもない。結社を主宰したり、俳誌を経営したりして、俳句だけで生活しているいわゆる専門俳人は、九千人中百人程度だという。

各結社は、主要作者である「同人」と、一般の「会員」でおおむね成り立っているが、同人として籍を置いたまま自分の結社を組織して、そこでまた同人と会員がふえていくというケースも少なくないから、結社人口というのもつかみにくい。

俳誌についてはどうか。『ホトトギス』(明治三十年創刊)、『雲母』(大正六年)、『馬酔木』(昭和三年)、『鶴』(昭和十二年)といった大店《おおだな》格の老舗《しにせ》も、ガリ版刷りの小冊子も、俳誌は俳誌である。『俳句年鑑』や『文芸年鑑』の名簿に掲載されている〝一部上場〟の俳誌だけでも七百誌に及ぶ。俳人協会発行の『俳句文学館俳誌目録』には千七十八誌が載っている。ただし、これにはすでに廃刊された俳誌も含まれているので、実質的にはざっと千誌というところか。発行部数三万部と称する『ホトトギス』クラスは別格として、千部以上の部数を維持している俳誌は、全体の一割ぐらいだろうといわれている。一誌あたりの平均読者数を五百人として、七百誌で三十五万人、千誌で五十万人という数字が一応は出るけれど、年鑑類に載らない俳誌も、日本中で、ということになると相当な数にのぼるはずで、各種サークルの会報のたぐいまで含めたら見当もつかない。

それからもう一つ。

句会人種という層がある。毎月定例の句会にはよろこびいさんで出席する、出席すれば熱心に句を作る、でも、句会が終ったらそれっきり、あとは来月の句会まで俳句の「は」の字も考えないという手合いで、何をかくそう、私も、ほぼその口である。一と月も前に出されている兼題（宿題の俳句）を、句会当日にあわてて考えたりすることも一再ならず。こんなことではいけないぞ、と反省はしょっちゅうしているのだけれど、反省するという行為と、反省したことを実行に移すという行為は、残念ながら全然別の行為であって、常住坐臥《じょうじゅうざが》俳句に親しもうと思っても、情ないかな、生活は風流に優先するのである。月いちゴルファーという言葉ならびに存在を、私は、貧困の象徴だと考えるものだが、そういうおまえだって、月いちハイカーではないか、といわれたら一言《いちごん》もない。

アマ・プロを問わず真摯《しんし》な態度で日夜俳句と取組んでいる諸氏にいわせれば、句会だけを楽しむなどというのは外道《げどう》もいいところで、にがにがしい限りだろう。しかしながら、現実には、この手の句会人種が俳句人口のかなりの部分を占めているのではないか。

いまの俳句ブームは、同時に句会ブームでもある、と指摘して、前掲の『週刊現代』の特集記事は、このところタレント、カメラマン、イラストレーター、コピイライターといった知名の人びとのあいだで、にわかに句会が流行しはじめている事実を報じている。

現代の最先端を皮膚呼吸している当代の売れっ子たちが、それでなくてもこのくそ忙しいご時勢に、のんびり古池やでもあるまいに、と思う反面、ふだんが超多忙だからこそ、息抜きの場として句会がもてはやされるのだろうとも考える。したりげな理屈をつければ、ビジュアル文化全盛の時代風潮に対する無意識の反撥もしくは本能的な嫌悪感が、文字への回帰という形をとって俳句と結びついたのかもしれない。それとも、わずか十七音という短さと、俳句の持つ〝軽み〟が、当節はやりの〝軽薄短小〟にぴったりフィットしたのだろうか。

「句会ブームっていうのはほんと。もう、びっくりするぐらい。なかでも熱心なのが――」

発足以来の俳句仲間で、世情にいちばん通じている永六輔が教えてくれた。

「コピイライターとカメラマンなのね。とくにコピイライターの連中は、言葉の勉強になるというんで、すごく熱心にやってるみたい」

とたんに天啓のようにひらめいた。

「勉強」のためではなく、実は「贖罪《しょくざい》」もしくは「禊《みそぎ》」のためではないのか。だって、そうではないか。昨今のカメラマンというのは、美しいものを醜く、上品なものを下品に、明るいものを暗く、心地よいものを気色《きしょく》悪く、というぐあいに最高の被写体を最低に撮ることで一流だと考えているふしがある。ファッション・コーディネイターとかスタイリストといった連中にもそれは共通する。コピイライターに至っては、美醜などという段階をとっくに通りこして、言葉という人間の共有財産を私《わたくし》してはばかるところがない。いわせてもらえば、言葉の強姦者である。

それなりに。ビール人。感度いかが？　ピッ。ピッ。音食人種、バンザーイ。宿愚連若《ヤサグレテア》衆艶姿《デスガタ》。君に胸キュン。よし！　買う樽。おっこるよオ。タコがいう。

いい加減にしろ、と怒鳴りつけたくなるけれど、これがいい、という人のほうが圧倒的に多いからこそはやるのだろうし、こういうものに対する判定基準は、人それぞれ、結局は好みの問題に帰するわけだから、いいの、悪いの、と目くじらたててみたところではじまらない。だが、ひと昔前にはやった「たばこ、する？」というような言語破壊、これは許せない。最近では、ゴルフ・クラブのCMの「とびの歴史を変えた」という語法と、新型の自動車が登場するたびに、ターボ・エンジンがどうしたこうしたで、「快調なはしりを保証する」という言い方が、なんとも耳障りである。「とび」だの「はしり」だの、そんな日本語があってたまるもんか。あるとすれば、鳶職《とびしょく》の「とび」、松茸や空豆やさんまの「はしり」――それだけである。

もっと嘆かわしいことは、言葉を恣《ほしいまま》に略奪、強姦してやまないコピイライターなる職種が、〝十五秒の射手〟とかなんとかおだてられて、いまや若者たちのあこがれの職業になってしまったことである。機を見るに敏な某週刊誌が、人気コピイライターによる「コピイ塾」という読者のページを常設したら、たちまち投稿はがきが山をなして、わずか十週目で「週に四千通、もうひゃうひゃでございますよ」というのがその編集部に在籍するわが友人の正式コメントなのである。

いい若いもんが、当人にすればコピイライターきどり、私にいわせればチンドン屋の猿《さる》真似《まね》で、あれこれ投稿する流行はいまにはじまったことではなくて、坊やたちの〝作品〟を集大成した『ビックリハウス版・国語辞典／大語海』（パルコ出版刊）などという本まで出ている。ひととおり目を通してみたけれど、ひどいものである。おもしろくもなんともない。おもしろくないことには目をつぶるとして、次元の低きこと、呆れるばかりである。エスプリもセンスも皆無。かろうじて、にやり、とできたのは、ほんの数点だった。

仰げばうとうとし。
女人《にょにん》、来《き》んせえ。
おとちゃんのためなら暗夜行路、おかちゃんのためなら暗夜行路……。

アホらしさもここまできわまれば、なかなかのものである。この言語感覚こそナウいのだ、と坊や並びにコピイライター諸氏は胸をはるにちがいないが、その程度の言葉あそびは、たとえば〝ネオ談林派〟と呼ばれた軽薄才士たちが、とっくの昔に実行ずみである。

君がため水瓜を辞せず食いにけり
どうじやちとわしの墓にも金盞花
久びさに国に帰ればキキヤウかな

水瓜《すいか》と水火、金盞花《きんせんか》と来んせんか、桔梗と帰郷という箸にも棒にもかからない駄洒落であることはいうまでもないが、とにもかくにも俳句まがいのものに仕立てているところがネオ談林派と称するゆえんであって、右の三句は、徳川夢声門下の活動弁士丸山章治の作である。

もっとさかのぼれば、内田百閒の親友で、海軍機関学校と立教大学の数学教授であった黒須康之介が、こんな句を作っている。

物理学校蚊が食うまでも実験す
なさけないことじやが芋ですまそうよ
庭もよく掃除とどくや除虫菊

除虫菊は女中菊、じゃが芋は、「だけれども」という意味合いの「なになにじゃが」の「じゃが」、蚊が食うは科学の、それぞれかけ言葉である。こういう言語遊戯は、地口行燈《じぐちあんどん》の昔から行われてきた。一見、気がきいていて、いかにも才気煥発といったふうではあるけれど、二度読めば、味わいも深みもない。

それに類する言葉いじりで世の中を渡っているコピイライター諸氏は、もともと言語感覚がきわめて鋭敏で、それゆえにこそ、識閾《しきいき》内に罪の意識が働いて、贖罪の道を俳句に求めるのではないか。

俳句雑誌の企画で、いつぞや井上ひさし氏と対談したときに、井上さんが、俳句イコール贖罪の文芸である、といいだした。

井上「みんな年とったりすると俳句を詠んだりしたくなる。どうも日本人は不思議です」

江國「そうですね。ぼくは俳句が好きで、とっても好きで、その大好きな俳句を、たとえば、大野伴睦《ばんぼく》なぞという政治業者なんかも作っている。しかも、なかなかうまいときているところが不条理で（笑）、あいつらが作るんなら、やめちゃおうかと思ったりする」

井上「俳句というのは日本人の逃げ道じゃないか。カトリックに告解という儀式があるとすれば、日本人には俳句という告白があるんじゃないかという気がする」

俳句告解論とは、意表をつく卓見である。たとえば、次の三句。

風邪ひいて母の匂ひの実母散
知れる妓の二度の勤めや秋袷

閼伽《あか》ささぐまた熱き日のめぐり来て　原爆忌

第一句は「万木」こと大野伴睦、第二句は「鰌児《じょうじ》」と号した元衆議院議長林譲治、第三句は中曽根康弘現内閣総理大臣閣下の作である。

このお三方《さんかた》がそうだというのでは、決して、絶対に、ないけれど、たとえばの話、汚れた手と肚《はら》からでも、俳句は生れるのである、一般論として。

人の悪口は鰻の蒲焼よりうまい、といったのは江戸の国学者村田春海である。うふふ、なるほど、ほんとだなあ。

でも、省みて他をいえ、というのはもっとほんとうである。わが身を棚に上げて、人さまのことをこんなふうに罵るのは、頭上に唾《つば》するようなもので、そうか、おまえたちの句会はそんなに清浄なのか、そんなに君子ぞろいなのか、と反問されたら、ぐうの音《ね》もない。

私が参加している「東京やなぎ句会」の詳細については別項『句会白書』をごらんいただくとして、とりあえず会員名簿だけでも、あらかじめご紹介しておく。括弧《かっこ》内が俳号である。

〔宗匠〕九代目入船亭扇橋《いりふねていせんきょう》（光石）

〔会員〕永六輔（六丁目）、江國滋（滋酔郎）、大西信行（獏十《ばくと》）、小沢昭一（変哲）、桂米朝（八十八《やそはち》）、加藤武（阿吽《あうん》）、神吉拓郎（尊鬼）、永井啓夫（余沙）、三田純市（道頓）、柳家小

三治（土茶《どさ》）、矢野誠一（徳三郎）＝（五十音順）

清浄だの、君子だの、そんなものとはおよそ縁なき衆生《しゅじょう》であることは一目瞭然、聞くだけ野暮というものである。

類は友を呼ぶ。おもしろいことがめしより好きで、おもしろくないことでも無理矢理おもしろくさせてしまわなくては気がすまない性向を有する輩《ともがら》が、あーあ、何かおもしろいことはないもんかねえ、という落語の『あくび指南』そこのけの安直さではじめた句会なのだから、高邁《こうまい》な目的などあるわけがない。俳句は消閑の具、というより遊びそのものであって、だから十五年来たゆみなく、ただひたすら遊びに徹してきた。

そうして、ここが大事なところだが、遊びだからこそ、まじめに取組む必要がある。きちんとルールを守って厳格に遊んでこその遊びであって、すこしでも箍《たが》がゆるんだら、たちまち遊びの興趣がそがれること、麻雀と同じである。

厳格に遊べということは、厳粛に遊べということを意味しない。遊びである以上、句会の雰囲気はどんなにくだけたものであってもかまわない。くだければくだけるほど楽しい。抱腹絶倒、こんなところで俳句なんぞ作れるもんか、というおそろしい状況の中で、出来上った作物《さくぶつ》だけがあくまで大まじめ、というところに遊びの醍醐味がある。

洒落やおふざけは俳句の大敵、と頭からまず思い込むこと、つまり〝確信犯〟になることが、俳句と遊ぶこつである。俳句に深入りする第一歩、といいかえてもいい。

俳句に深入りする形を、もう一度整理してみる。

（一）特定の俳句結社に所属する。
（二）職場の俳句サークルに参加する。
（三）仲間と語らって句会を催す。
（四）カルチャーセンター式の教養講座を受講する。
（五）通信教育による添削指導を受ける。
（六）新聞・雑誌の俳句欄、テレビの俳句番組に投句する。
（七）独りで楽しむ。

そのほか、しかるべき人物に個人指導を受けるとか、同好の友人と俳句通信を交換するとか、形ということで考えればいろいろあるにちがいないが、一般的にいって、ざっとこんなところだろう。

これらは複合する場合もあるし、人によっては、全部にまたがってのめり込むということもあるかもしれない。

どの形をとるにしても、くどいようだが、本気で遊ぶことが何より肝要である。とくに、作品の中では絶対にふざけてはいけない。本気に徹してこそ、遊びに奥行が出てくるのである。

2　自然恐怖症候群

ひとつ俳句でも、というでもいつきの初心者こそ、読者として最高のお客、すなわちいいカモだ、と俳句入門書の著者並びに版元が考えるのは自然である。高名な俳人はもとより、世間的な知名度はなくても結社の一つも主宰しようという実力派の俳人なら、みんな一冊は入門書をあらわしているのではないか。大御所クラスの中には、あらゆる角度から書きつくして、しまいに、句会での披講をそのまま文字に起して入門書代りにしている人もいるぐらいである。

「俳句入門」「俳句の作り方」「俳句作法」といった初心者向けの手引書は、これまでにいったいどのくらい出ているものか。

試みに国会図書館の閲覧カードを繰ってみたら、虚子《きょし》の『俳句入門』、秋桜子《しゅうおうし》の『現代俳句手帖』をはじめとする初心者向けのものが、ざっと八十五種類にのぼった。これだけの入門書が常時出まわっていたら、日本人はみんな俳句が上達して、日本中俳人だらけになってしまう。それがそうならないのは、たぶん、出るはしから絶版になるからで、新陳代謝が旺盛なためだろう。書店を何軒かまわって趣味のコーナーを見て歩いたら、そのことがよくわかる。「冠婚葬祭のスピーチ」「熱帯魚の飼い方」「リーチ麻雀必勝法」「赤ちゃんの命名法」といった本と本のあいだにはさまれて「やさしい俳句入門」とか「俳句上手になる本」が、なんとなく居心地悪そうに並んでいるわけだが、書店によって「俳句上達三週間」「俳句教室」といったぐあいに入荷の種類が実にさまざまなのである。同じ一軒の書店でも、ちょっと日をおいてのぞいてみると、いつのまにか別の入門書に変っていたりする。

どういう流通経路をたどるのか知らないけれど、未曽有の俳句ブームだ、と週刊誌がさわぐほどには目立たないというだけで、実際にはおびただしい数の入門書が、書店の棚の限られた空間から、おいでおいで、と初心者を手招きしているのだと思われる。汗牛充棟《かんぎゅうじゅうとう》ただならず、どれか一冊に的をしぼることなど不可能に近い。当然のことながら、教え方も、その説くところも、本によってまちまちである。季重なりは絶対に避けろと書いてあるかと思えば、季重なりなど眼中におくなと書いてあったり、まず写生に徹することからはじめよと某俳人は教え、某々俳人は、初心のうちから写生のことなんか考えるなと説くといったあんばいで、尽《ことごと》ク書ヲ信ズレバ則チ書無キニ如《し》カズとはこのことか、と苦笑したくなるところだが、考えてみれば、ひとかどの俳句作者がそれぞれの俳句観に基《もと》づいて、それぞれの方法論を展開して、それで似たような入門書が出来上ったら、かえって不思議である。

それほど千差万別の入門書だけれど、根本のところでは、一つの共通認識が働いているかにみえる。すなわち——

「俳句は自然を詠むものであります」

書き出しはたいていこれだ。

自然観照とか、花鳥風月とか、客観写生とか、表現こそちがってもいわんとするところは同じで、俳句イコール自然という大前提の上に立って、ほとんどの入門書は書かれている。

松の事は松に習え竹の事は竹に習え、と教えた芭蕉の言葉を持ち出すまでもなく、この大前提は、基本姿勢として正しいと思う。〈初学入門〉と帯にうたわれている皆吉爽雨《みなよしそう う》氏の『俳句への道』を読むと、開講の辞に相当する「はじめに」という冒頭から、俳句の約束ごとを説明している序章の部分にかけて、次のような記述が繰返しなされている。

「最初に俳句に引き入れられた皆さんの胸のうちはどうであったでしょうか。私が自分を省みてお察しするのですが、皆さんは等しく天然自然の愛好者だったということではないでしょうか。日本人はみな自然美にあこがれる血をうけついで生れてくると言われていますが、なかんずく皆さんは強い天然愛という天性をもって、そうした愛情に恵まれて生を享けられた人達ではなかろうかと思うのです」

「天然への拝跪《はいき》の念をさえおぼえずにいられぬ、そうした人達ではないかと私は皆さんを見てとるのです」

「俳句を志願するほどの人々であってみれば、洩れなく天然自然の愛好者であり、その現象に対する愛執によって自然をおのれの中に生かし、生かすことによっておのれもまた生命をかがやかしていきたい人たちであるに間違いないのであるし、私はそういう人だけにものを言っているのだから……」

「(季題の重要性に触れて)これは入門を志す諸君が、根っからの天然好きであるということをちょっとふり返ってもらえれば、実はすぐ解ることで、諸君が心をうばわれて恍惚とする天然自然はここから発し、ここから遍満している発光体なのである」

さきごろ八十一歳で鬼籍に入られた皆吉爽雨氏は、みずから「莫迦正直流」を標榜《ひょうぼう》したほどの、写生一途の人であり、徹底した自然凝視から生れた佳句は枚挙にいとまがない。

万緑に朴また花を消すところ　爽雨

いのちぎりぎりまで咲き残っていた朴《ほお》の花が、白い残像をのこして、いまにも散ろうとしている。散れば、すなわち全山これ万緑。自然の摂理が完結する直前の、きわどい時《テンス》の流れをみごとにとらえた名句である。

こういう名句の主《ぬし》で、写生の達人で、俳壇の大御所で、人生の大先輩で、しかも、いまは亡き人であるお方に異をとなえるのは、まことにもってつらいのだけれど、おまえは自然が好きなはずだ、いや好きにきまっている、と、あんなふうに断定されると、ちょ、ちょ、ちょっと待って下さい、とさえぎりたくなってくる。ましてや、自分はそういう人間だけにものをいっているのだ、といわれたりすると、なんだか俳句における禁治産者の宣告を受けたような、さびしーい気持になる。

およそ俳句を志すほどの人間なら「洩れなく天然自然の愛好者」にきまっている、というのが故爽雨先生の確信で、それはたぶん、おおむねそうにはちがいないが、でも、世の中には自然が嫌いだという人間だっているのである。嫌いだ、というのは極端だとして、自然が苦手だ、という人間なら、そうめずらしくはないのではないか。

自然が嫌いとは、なんと不幸な、なんと情ない。

何をかくそう、かくいう私がそうなのよ。なんと不幸な、なんと情ない男だろう、と自分で自分がいやになるけれど、自分の心を偽ることはできない。

恥を忍んで書く。私は自然に興味がない。嫌い、とまではいわないが、どちらかというと好きではない。

こんなこと、自慢にも何にもならない話だけれど、俳句に打込むこと十五年、それも孜々営々《ししえいえい》と取組んで、いまだに植物の名前と姿が一致しない。名前を聞いて、すっ、とイメージを結ぶ植物といったら、松、竹、梅、桜、菊、百合、朝顔、向日葵、カーネーション、チューリップぐらいのもので、椎《しい》の木と樫《かし》の木の区別がつかない、つつじとさつきがわからない、菖蒲《しょうぶ》とあやめと杜若《かきつばた》に至っては、もう勝手にしやがれである。

ついこのあいだも、句会で「赤まんま」という席題が出て、なんだそりゃ、おこわのことか、と口走って笑われたばかりである。え、知らないの？　赤い粒々が穂みたいについていて、ほら、よく女の子がおままごとに使うあれよ、と句友が嘲けるような口調と表情で教えてくれたけれど、お生憎さま、私は一人っ子、小学校は男子校、おままごとなんぞ知るもんか。

草花はまだいい。同じ自然でも、これが大自然というぐあいに「大」の字がつくと、さらにお手上げである。

山がこわい。好きだの嫌いだのという以前に、とにかくこわい。だから、遭難シーズンのたびにテレビ画面に写し出される毛布に包まれた死体を目にするたびに、腹が立つ。この親不孝者めッ。

虚子の門下で、俳誌『山火』の主宰者で、俳壇最長老の一人である福田蓼汀《りょうてい》氏は、こよなく山を愛し、みずからも山に登り、大いなる山の美を詠みつづけてきた〝山岳俳句〟の王者である。

神神の座とし春嶺なほ威あり　蓼汀

真夜の岳銀河流るる音を聴け　同

名句である。スケールが大きくて、格調が高い。

山を愛し、山を讃え、山にひれふし、敬虔《けいけん》な祈りを捧げるような態度で、おびただしい数にのぼる山の名句を残してきた蓼汀氏に、山は何を以て酬いたか。黒部に挑戦した令息の遭難死、という悲劇を天は与え給うたのである。ちがう、天ではない、山だ。山は、恩を仇で返したのである。

秋風や遺品とて磧石ひとつ　同

昭和四十四年夏、蓼汀氏六十五歳の慟哭《どうこく》の句である。痛恨哀惜の句集『秋風挽歌』で、氏は翌四十五年の蛇笏《だこつ》賞を受賞しておられるのだが、今年傘寿を迎えた老蓼汀の、心のいちばん深いところに沈潜している悲嘆に思いを致せば、親不孝者め、と死者を罵る私の無礼な言辞も、許していただけるのではないか。

これだけ山を怖れる私が、富士山には三度も登っている。人間というやつは何をするかわからない動物なのだな、と自分でも呆れる思いである。一度も登らないやつは馬鹿で、二度登るやつはもっと馬鹿だ、というのが富士山についての定説だそうだが、定説に従えば、私は馬鹿に輪をかけた馬鹿ということになる。戦災と敗戦が機になって、たまたま静岡県下の某町に移り住んだおかげで、中学で一回、高校で一回、どっちも学校行事のなかに富士登山が組み込まれていた。もう一度は、大学時代の夏休みに東京から遊びにきた友人が、登りたい、といいだしたのでつき合った。三回とも、だからもう昔むかしの話で、いまのように、五合目六合目まで車ですいすいというわけにはいかなくて、杖をつきつき、高山病の頭痛と吐き気をこらえながら、六根清浄、六根清浄と登っておりてきたわけだけれど、三度登って、三度とも、何がいいのかわからなかった。室《むろ》というのか山小屋というのか、頭がつかえそうな宿泊所がせまくて臭《くさ》くて不潔で、おまけに三度とも異常な混み方で、老若男女の別なく、一人おきに頭と足をたがいちがいに寝かされて辟易《へきえき》したことを覚えている。あんまり窮屈で、夜中にぱっと目が覚めて、そのまま目が冴えてしまったもんだから、室《むろ》から外に出てみたら、賽《さい》の河原を思わせる荒寥《こうりょう》たる山肌の真上に、びっくりするような壮大な星空がおおいかぶさっていて、この大自然のなかの罌粟《けし》粒の一つが俺なのか、と思ったとたんにおそろしくなった。あのときの恐怖感を思いだすと、いまでも鳥肌が立つ。

外国の名山だって知らないわけじゃない。

パック旅行でスイスに出掛けたのは二年前の夏のことだったが、何日間かのローザンヌ滞在中に、オプショナル・ツアーでモンブランに登った。登山といったって、ロープ・ウエーでゆらゆら登っておりてくるだけのことだから、「登る」という言葉さえおこがましいようなものだけれど、それでもこわかった。まったく安全だとわかっている展望台に立って、周囲をとりまいている切りそいだような白い壁に目をやっただけで、くらくらしてきまして、要するに、臆病なんですね、私は。

モンブランの展望台でくらくらしたときから、さらに五年ぐらい前にさかのぼるけれど、ジュネーブ発ミラノ行の夜行列車に乗って、アルプスのふもとを走ったときの光景も忘れられない。このときはまったくの一人旅で、コンパートメント式の六人がけぐらいの車室にも、どういうわけか、相客は一人もいなかった。その状況だけでも心細いところへもってきて、発車時刻が夕方だったもんだから、ごとり、と動きだしたとたんに薄暮の気配が迫りはじめた。スイスの日没は、とりわけて〝つるべ落し〟なのかどうか、そんなことは知らないけれど、あっというまに暗くなった。それで漆黒《しっこく》の闇を切り裂くように列車がひた走っているうちに、突如として、まさに突如として、車窓が明るくなった。見ると、はるか向こうで三角形のとんがった白い山が、夕日を浴びて、てらてら光っていた。あとで地図を見て、あれはたぶんマッターホルンだったのだろうと察しをつけているのだけれど、私のことだもの、ちがっているかもしれない。三角にとんがった白い山肌にだけ陽が当って、周囲はもうすっかり闇に包まれているというのに、白い三角形だけが、ぬめぬめ、てらてら、という感じで光っていた。あれはこわかった。あの陽の当り方は不気味だった。

それで思い出す。

遠山に日の当りたる枯野かな　虚子

虚子一代の名句として喧伝《けんでん》されているこの句と、あれは同じ原理の光景だったのか、といまにして思うのだけれど、ぬめぬめ、てらてらとした白い山肌を目にした瞬間、人里がしみじみ恋しくなった。

アメリカで、雄大なグランドキャニオンをセスナ機で俯瞰《ふかん》してまわったときにも、すばらしいと感じるより先きに、あまりのスケールに気色が悪くなった。山はこわい。

海はどうか。

駿河湾沿いの漁師町で少年期の後半を過ごしたので、海に、馴れてはいる。いまだったら当然遊泳禁止のおふれが出ているにちがいない屋根のような土用波のさかりに、勇敢にも無謀にも、ざんぶと波乗りをして二度溺れかけた。とくに二度目のときは、もがけばもがくほど波の底から出られなくて、人間はこうやって死ぬのだな、と子供心にも観念しかけたところで漁師に救い上げられた。

おかげさまで、こうして馬齢を重ね、人並みに二児の親になって、それで子供を連れて海にも行ったりするけれど、つき合いでひと泳ぎすると、もう飽き飽きする。それより何より、熱い皮膚が最初に水に触れる瞬間の冷たさは、考えただけでゾッとする。こういう拒否反応の底に、溺れかけたあのときの恐怖感が、抜きがたくひそんでいるのだと思う。

名にしおうワイキキの海で泳いだこともあるけれど、それはまあ、天下のワイキキに対する表敬みたいなもので、五百メートルほど敬意を表したあとは、砂の上でマグロのようにごろごろしているビキニの金髪美女の写真ばかり撮って過ごした。西東三鬼《さいとうさんき》の有名な句に——

おそるべき君等の乳房夏来る　三鬼

海だの山だのより、このほうがずっとなじみやすい。

結局のところ、私は「自然ダメ人間」なのですね。恥になりこそすれ、自慢にもならない話をくだくだ書きつらねて、要するに何をいいたいのかというと、これほどの「自然ダメ人間」でも俳句は作れるのだ、という一事をお伝えしたかっただけである。

私ほどではないにしても、自然界、とりわけ植物にヨワいという人は想像以上に多いのではないか。水原秋桜子が『俳句のつくり方』という自著の中で、こんな問いかけをしている。

「藤と牡丹と菖蒲と芍薬《しゃくやく》と、どれがさきに咲くものか。（略）蟬の種類と、鳴きはじめる時季……」

どうです、ぱっと答えられます？　られっこないよね。

親愛なる同病の士に告ぐ。俳句をはじめようと思ったら、歳時記の「植物」はもちろん、「時候」だの「天文」だの「動物」だの、その手の季題を捨てて、まず「人事」の項目から入れば入りやすい。

人事句というと、追悼句とか祝いの句のことだけだと考えておられるむきもおありかと思うが、慶弔句、贈答句に代表される、いうところの「挨拶句」は、「人事」のなかのほんの一部にすぎない。

〔春〕雛祭、白酒、受験、落第、卒業、入学、入社、春闘、四月馬鹿、桜餅、花見……

〔夏〕端午、菖蒲湯、更衣、ステテコ、団扇、プール、打水、ナイター、冷奴、水羊羹……

〔秋〕月見、燈火親し、秋愁、虫売り、菊人形、新米、新酒、体育の日、赤い羽根……

〔冬・新年〕除夜の鐘、寒見舞、霜焼、雪だるま、炬燵、年賀、雑煮、初夢、初場所、獅子舞……

こんなぐあいに「人事」の項目から身近な季題を拾い上げて、とりあえず十七文字の中に詠み込んでしまえば、ひとりでに俳句になる。やさしい入口から入って、しばらく取組んでいれば、そのうちにいやでも自然を詠まないわけにはいかなくなってくるし、なんとなく詠めるようにもなってくる。

自然、自然、とあまりにも強調されすぎて恐れをなす、私と同タイプの人のための、以上は安心材料である。

3　定型のいのち

なぜ五七五でなければいけないのか、という不満を含んだ疑問は、野球はなぜ三四三（三振と四球と三《スリー》アウト）でなければいけないのか、という疑問と同じ程度にくだらない。五七五という音節で成り立つフレーズには、日本語特有の快いリズムが備わっていて、だれの耳にもしっくりくることは、早い話が、交通標語のたぐいを見れば一目瞭然である。

とび出すな車は急にとまれない

とまれないはずはないんで、何のための急ブレーキだ、と、かよわき歩行者としては文句の一つもつけたくなるところで、この標語、私は大嫌いなのだが、この際、五七五に免じて、まあよろしい。

書く勇気伝える真実待つ読者

新聞週間の標語だって五七五だし、標語だけではなく、憲法にさえ五七五はある。

日本国憲法第二三条　学問の自由は、これを保障する。

なぜ定型かという問いに、五七五の持つ安定感に値打ちがあるからだ、という答え方をするのは、一応スジが通っているし、私もその安定感に強く惹かれている一人だが、だからといって、それを答えにしてしまうと、安定感に対する不安定感＝破調の持つ魅力が出てくるおそれがある。俳句改革とか、革新とか、前衛とか、そういう観点から五七五を論じるのは、別の人たちのすることであって、断じて「遊び人」のすることではない。はじめからそう定めてあるルールを、あれこれ詮索したり追及したりするのは「遊び」をみずから放擲《ほうてき》することにほかならない。この本で私が「俳句」と書いている俳句は、あくまでも遊びとしての俳句なのだから、それがルールなのだ、というひと言で、定型の理由は万事説明し尽くされていると考えることが、何より大事である。俺がルールブックだ、とい い放った二出川《にでがわ》球審の顰《ひそ》みに、諸君、右へならえッ。

ルールの適用は、きびしければきびしいほどおもしろい。一例にすぎないが、無数に存在する俳句の季題の中には、「雀《すずめ》海中に入って蛤《はまぐり》となる」などという長くて馬鹿馬鹿しい季題がある。これだけで十八文字である。それでも何でも、十八字の季題を十七字に無理矢理おさめるところに、遊びの妙味があるのである。現に、この季題を用いて、先人たちは、一応句といえる句をちゃんと残している。

子は雀身は蛤のうきわかれ　　漱石

蛤に雀の斑《ふ》あり哀れかな　鬼城

十年ぐらい前の話だが、秋の一日、向島百花園で句会を開いた。いつもは宗匠から、まず席題が出るところだが、名にしおう百花園にやってきたからには、全句矚目《しょくもく》でいこうということになった。題をとくに定めないで、目にふれたものを自由に詠むのが「矚目」である。雨もよいのうすら寒い日だったが、広い庭園を思い思いにぶらついて、咲き乱れる百花百草を愛《め》でながら句を案じよう、というわけである。

あるものをあるがままに見る、それが矚目です、なーに、見たさまを詠めばいいのだから簡単です、さあ詠め、そら詠め、とけしかけて宗匠はこともなげだったけれど、前章で告白したとおり、こっちはなにぶんにも自然嫌いの植物オンチである。赤けりゃきれいだなあ。白けりゃ清楚だなあ。散ってりゃ不憫《ふびん》だなあ。それでおしまい。

これで俳句を作ろうというのだから、思えばいい度胸である。度胸を通りこして、厚かましさの極みだ、とさえ思う。その厚かましさを克服して、目にも耳にも、およそなじみのない草花を相手に悪戦苦闘するところに、くどいようだが、遊びの醍醐味がある。

苦吟を続けながら、しっとりとした雨の百花園をひとまわりした頃合いに、足許で黄色い花が目についた。ひらひらとした見るからに頼りない紙のような花で、掲示にトロロアオイとある。とろろ汁なら大好物だが、トロロアオイなんて、それまで見たことも聞いたともなかった。歳時記を繰ってみると〈葵の花〉の項目に、なるほど、とろろ葵という種類も記載されていて「葵には種類が多い。立葵は高さ二メートルくらい。茎が直立している。円い心臓形の葉が互生し、葉の脇に五弁の美しい花が咲く……」などと書いてあったものの、こういう記述を読んだからといって、たちどころに句が湧いてくるというものではない。投句の締切り時間と薄暮が同時に迫ってきて、なかばもうあきらめの境地で、とろろ葵をじっと見つめていたら、目の前がぼんやりと潤《うる》んで、淡い黄色が夕闇の中に溶けて流れはじめて、その瞬間、句らしきものが浮かんだ。

とけてしまいそうなとろろあおいかな　　滋酔郎

平仮名だけで書いてみると、何となく感じが出るようだった。なんだ、そんな句のどこがいいんだ、と仰せのむきは、とろろ葵の実物をご存知ないのにきまっている。あのひらひらとした淡い花を一度でも見ていたら、これは、いい句なのです。現にこのときの句会では、この句が互選の点をよくかせいで、総合成績で私が一位になった。

平仮名ばかりの句については『字づらの研究』の章で後述するけれど、この句をふつうに読みくだしたら「とけてしまいそうな／とろろあおい／かな」である。九六二、すなわち完全な破調である。でも、九たす六たす二を計算してごらん、イコール十七になるではないか。

因数分解すれば五七五、文句あるか。そんなのずるいや、といわれても困る。この数え方は、俳句における許容範囲内なのである。一読すると字あまり、字たらずで、しかし指折り数えてみると実はそうではない、というこの種の俳句はいくらでもある。

海暮れて鴨の声ほのかに白し　芭蕉
父とわかりて子の呼べる秋の暮　狩行

破調でも十七字という器に盛ってあればよしとする考え方を基調にした上で、それでなおかつ字あまり、字たらずで表現したいという衝動は、俳句を作っているうちに必ず生じてくる。変調、破調を極端に嫌っていた内藤鳴雪《めいせつ》にさえ、こんな句があるぐらいである。

百年にして天明二百年にして明治の初日影　鳴雪

ごつごつとして読みにくい句だが、破調がかもしだしているのびやかな味わいは悪くない。私の好きな句である。

だからといって、こういう句を自分も作りたいとは思わない。定型墨守《ぼくしゅ》、これが私の大原則である。そうして、原則に必ず例外が伴うことは、この世の常識であって、大原則といえども、もちろんその例に漏れないのだから、何が何でも破調でなければこの句のよさは出ない、と判断したときだけ、例外中の例外であることを自覚した上で、字あまり句でも字たらず句でも作ればよろしい。ただし、いくら例外を許すといってもなにごともほどほどが肝要、破調にも限度というものがある。限度を超えたら、それはもう俳句とはいえない。

分け入れば水音　　山頭火

放浪俳人種田山頭火の代表作として知られる「分け入つても分け入つても青い山」の姉妹篇みたいな作品だが、これを「俳句」と呼ぶ気に、私はどうしてもなれない。

同じく放浪俳人――放浪俳人というより「物乞いアル中俳人」といったほうが実像に近いと思われる尾崎放哉《ほうさい》の句に至ってはもっとひどい。

咳をしても一人　　放哉

肉がやせて来る太い骨である　　同

放哉一代の名吟として、これまた一部に評価が高いようだが、これが俳句といえるだろうか。咳をしても一人。あまったれるのもいい加減にしろ。肉がやせて来る。不摂生の報いじゃないか。東京帝国大学卒業の学士さまで、東洋生命保険株式会社東京本社の契約課長だった放哉は、朝から飲んだくれて馘《くび》になったあと、友人のなみなみならぬ好意で、京城に創設された朝鮮火災海上保険会社に支配人として赴任しながら、わずか一年でまたしても馘首《かくしゅ》されて、あとはもう敗残の坂を転り落ちるだけの生活を送りながら、肉がやせて来る、と詠んだのである。こういう句を、むやみにありがたがったり珍重したりするほうにも罪はある。極端な例を見つけた。

できるだけはなやかに手をとり合つて行かう
マントの釦をきつちりはめてから行かう　一碧楼

断っておくが、二句並べて書いたのではない。これだけで一句。俳句もなめられたものである。自由律俳句の旗手河東碧梧桐《かわひがしへきごとう》と手を結んで俳誌『海紅』にたてこもった中塚一《いっ》碧楼《ぺきろう》なのだから、どんなに乱暴粗雑な作物があっても、べつにおどろきはしないけれど、寿限無寿限無五劫の摺り切れず、みたいな寝言同然のこんなものが、あろうことか角川書店刊行の日本近代文学大系『近代俳句集』に〝俳句〟として載っていたのには、心の底からおどろいた。解説に曰く。「思ったことをすらすらと軽い気持ちで表現してみたら、ずいぶん長律の句となった」。ものも言いよう、丸い玉子も切りよで四角とはこのことか。でたらめなものをでたらめと書かない解説も解説だが、これを「俳句集」におさめたという行為自体が、そもそも許せない暴挙である。〝俳句の角川〟が泣きまする。

このたぐいの無秩序短詩のことを、新傾向俳句、さらには自由律俳句と呼ぶそうだが、お願いだから「俳句」の二字を取っていただきたい。自由律短詩、新傾向短詩、これなら文句の「も」の字も、苦情の「く」の字もない。新々傾向でも、分《わけ》自由律でも、新々分々《わけわけ》傾向でも、どうぞご随意に。

新傾向俳句の生みの親というのか親玉というのか、要するに憎っくき元凶は、いわずと知れた河東碧梧桐である。

菊がだるいと言つた堪へられないと言つた　碧梧桐
鼻紙をつかんで眠たく疲れてゐる　同

一行詩として見れば、詩情に近い何かがないこともない。でも、これが俳句であってたまるか。くそッ、碧梧桐め、と、これほど口汚なく罵倒するのには訳がある。

赤い椿白い椿と落ちにけり　同

嘘にも、こんなすばらしい、すがたのいい名句を、碧梧桐は作っているのである。字あまり、字たらず、舌たらず、でなければどうしても作れない人間なら仕方がないが、これほどの句を作れるくせに、何が悲しくてあんな醜怪な句風にのめり込んでいったのか。一体全体、なんの因果でこんな船に乗り込んだのだ、というのは、モリエールが盗んだシラノのせりふで、実際、なんの因果で、といいたくなるところだけれども、碧梧桐には碧梧桐なりの内的必然がもちろんあった。「文学の堕落は、多く形式に拘泥《こうでい》するに始まる」と

『日本及日本人』誌上で宣言して、碧梧桐は伝統俳句と訣別したのだった。

それはそれでわかる。なぜなら碧梧桐は俳句のプロフェッショナルであり、文学を目指し、芸術を志していたからである。われわれは違う。「遊び」なのだ。高邁な理想だの、芸術的良心などという厄介なものにとらわれて、もがき苦しむ必要がどこにあろう。われわれはアマチュアなのである。俳句の最大特色である窮屈な拘束性を、おおいに楽しんだらそれでいい。これはアマチュアの特権なのだ。

俳句は、五七五がよろしく。

4　よくぞ日本に――季語（一）

季語といい、季題という。どう違うのかというと、べつにさしたる違いはなさそうである。歴史的なことをいえば、昔は季題といい、季語という言葉は近世になって用いられるようになったと聞く。この題で詠め、と宗匠から命じられた時点では季題で、同じその一語が一句の中に使われたときから季語だ、という使い分けも、あるいはできるかもしれないが、いまのところ、季語と季題は同義に用いられている。

「有季定型」という言葉が示すように、季題は、五七五の定型と並ぶ俳句の約束ごとの両輪である。四季がはっきりしている日本の風土に育《はぐく》まれたおのずからなる知恵の集積が季題というものであって、その一語一語が内蔵する繊細で微妙な季節感は、日本だけのものだといってもいい過ぎではない。現に「ＢＡＩＵ」（梅雨）という日本語はどうしても翻訳不可能で、いまや国際気象用語になっているそうだし、「降りみ降らずみ」などという表現は、外国語には絶対にないだろう。

よくぞ男に生まれける、という川柳の上五は何であったか、たしか「夕涼み」かなんか、そんな言葉だったんじゃないか、と思うけれど、調べるのも面倒くさいし、調べてまで正確を期すほどの句でもない。季語の宝庫のような国にあって、豊かで陰影に富んだ季節感を、一年三百六十五日、折々に嚙みしめていると、川柳ではないけれど、まさしく、よくぞ日本に生まれける、である。

なぜ俳句に定型が必要なのかという前章の設問に対するのと同様に、なぜ俳句に季題が必要なのか、と問われれば、理屈はいくらでもつくはずだが、こういうことは理に走ってはおもしろくない。なぜ必要なのか、それがルールだから、とこれまたさっきと同じ答え方をするのがいちばんいい。

朝起きたら「おはよう」といえ。なぜいわなきゃいけないのという子供の問いに対する最良の答えは、つべこべいうな、である。季題もそう。つべこべいうな。ずいぶん高圧的で乱暴ないい方をするようだが、これにも訳がある。

何十種類も出まわっている「歳時記」や、「季寄せ」を無作為に繰ってみると、こんなものがどうして季題たり得るのかと首をかしげたくなるようなものが少なくないからである。

たとえば「障子」という冬の季語がある。日本家屋なら一年じゅう障子はある。それがなぜ冬なのか。日本人の生活がまだ豊かだった時代に、われらの父祖は、夏になれば障子をとり払い、代りに見るからに涼しげな簾戸《すど》を入れ、庭からの涼風を座敷にふんだんにとり入れた。クーラーなどという貧しい利器は必要なかったのである。その「簾戸」に対する「障子」というとらえ方をして、たぶん冬の季題にとり入れたのだろう。年の暮れに障子を貼りかえて新しい年を迎えようという生活行事を考えてみても、冬の季題というのはうなずける。もっとも、厳密なことをいえば、夏の間じゅうたてていた簾戸をはずす前に、障子の桟を洗い、紙を貼りかえるのが本来なのである。だから、歳時記によっては「障子貼る」「障子洗ふ」「障子更《か》ふ」を一括して秋の部類に入れている。

なぜその季節なのか、必然性が希薄だという季題は、拾っていけばいくらでもある。たとえば「散歩」は、春の季語だという。冬に散歩をしちゃいけないのかといいたくなるほど、何の根拠もない分類である。いやいや、そうではない、暗く長い冬が明けてようやく春を迎えたのだ、うららかな陽光を浴びて、どれ、久しぶりに散歩にでも出ようか、という気分にだれだってなるではないか、だから春の部に入れたのだ、と入れたやつはいうだろう。入れたやつというのは、実は尾崎紅葉である。

勝手に新しい季題なんかを作っていいものか。いいのである。季題のひとつも見つけたらんは後世によき賜《たまもの》なり、だったか、手柄なり、だったか、芭蕉もそういっている。ひとつ手柄を立ててやれ、と紅葉が野心まんまん、散歩＝春という季語を編みだして、ご当人は大発見のつもりだったのだろうが、この季題、残念ながら、はやらずに衰えた。季題を新しく作るのは自由とされているわけだが、人が使ってくれないと、衰えて消えてしまう。

私も一つ作ったことがある。正確にいえば、作ったのではなく、すでにあった季題を言い換えただけのことである。真夏の句会で「終戦記念日」という席題が出た。シュウセンキネンビ、これだけで八文字である。「敗戦記念日」でも同じ。歳時記を見ると、「敗戦日」でもいいと書いてある。ハイセンビ——口にだして呟いてみると、何だか排卵日みたいで、これも気に入らない。すっかりもてあまして、歳時記の目次をぱらぱら繰っていたら、人事の項目のうしろに、ずらりと「忌」の字が並んでいた。芥川龍之介の「河童忌《かっぱき》」、太宰治の「桜桃忌《おうとうき》」をはじめ、「露伴忌」「万太郎忌」「四迷忌」、それに色男の代名詞の「業平忌《なりひらき》」。

これだ、と思った。昭和二十年八月十五日は日本が死んだ日である。いったんは死んだこの国が、いま、先進諸外国もうらやむ繁栄を謳歌している。その感慨がそのまま句になった。

大いなる繁栄ここに日本忌　　滋酔郎

句として出来がいいのか悪いのか、いまもってわからない。この句を「天」（第一位）に抜いてくれた変哲こと小沢昭一が「いやァ、すばらしい。日本忌といい放ったところがいい。あたしはこの一語だけで天にいただきました」と褒めてくれたことを覚えている。そんなにいい句か、とそのときは鬼の首でも取ったような心持になったけれど、家に帰ってから気がついた。小沢昭一は、ああ見えても海軍兵学校の出身である。「日本忌」の一語に過剰反応を示したとしても不思議はない。あの讃辞は、だから大幅に割引いて聞く必要があると、いまでは思っている。

時代とともに、季題としての実質的な意味を失ったものもたくさんある。

「しじみ」（春）「トマト」（夏）「バナナ」（同）「鮭」（秋）「人参」（冬）温室栽培とか養殖などの手段が発達した上に、冷凍貯蔵が普通のことになっている現代にあっては、一年じゅう食卓にのぼるトマトに、もはや夏の季節感を見いだすことはむずかしい。

それとは別に、歳時記の宿命的矛盾といってもいい問題に、旧暦と新暦の違いによるずれがある。芭蕉、一茶の時代の季題が太陰暦、いわゆる旧暦に則《のっと》っていたことは、いうまでもない。明治の新政府が太陽暦、いわゆる新暦の採用という革命的な大事業を成し遂げたときから、歳時記がややこしいことになった。

早い話、「春」ひとつとってみても、ごく一般的な感覚でいえば、立春（二月四日）から立夏（五月六日）前日までが「春」だけれど、これが陰暦では、一月、二月、三月ということになる。それだけなら、まだいい。同じ陽暦で、気象学の「春」（三月、四月、があるかと思えば、天文学上の「春」（春分＝三月二十一日から夏至＝六月二十一日まで）もある。

ここまでくると、私のような杜撰《ずさん》な頭には手に余る。昔ながらの「季題」と、現実の何種類かの「季感」とのずれを考えはじめると、頭が痛くなってくる。なぜ修正しないのか、修正したらいいではないか、とそんなに簡単にいわれても困る。修正するのはいいとして、「布告」をどうするのだ。法律改正じゃあるまいし、日本じゅうの俳人並びに俳句愛好者に、いっせいに周知徹底させることなんかできるわけがない。

障子がなぜ冬なのか。つべこべいうな。

トマトがなぜ夏なのか。つべこべいうな。

人参がなぜ冬なのか。つべこべいうな。

これでいいのさ。

季感のずれのほかに、わけのわからない季題もある。

「口切《くちきり》」「嫁が君」

冬と新年の季題だが、おわかりか。ぱっとわかるようなら、相当な博識で、相当な風流人である。そういう物識《ものし》りの風流人をこの本は相手にしていないのですから、念のため。歳時記によると、その年の新しいお茶を入れた壺を炉開きの日に口を切り、茶臼で挽いてお茶を立てる行事が「口切」で、「嫁が君」とは、正月三が日のあいだだけ、なんと、ネズミのことをこう呼ぶんだそうである。

もう一つ、これは夏の季題で「龍の鬚《ひげ》の花」というのがある。別名「蛇の鬚」ともいい、山野に自生し、葉は細長く、高さ三十センチぐらい、冬になると青い実がなる、と書いてあるけれど、そういわれたってちんぷんかんぷんである。

ご参考までに、この三つの季題を用いた句をご紹介しておく。もちろん先人たちは、以上のことを知っての上で作っているのだろうが、だからといって、われわれがひけ目を感じる必要はない。「龍の鬚の花」なんか、知らなくてあたりまえ。読むほうだってどうせ知っちゃいめえ、と肚をくってしまえばいい。あとは想像力の勝負である。

口切のとまり客あり峰の坊　　太祇
ほの暗き忍び姿や嫁が君　　碧梧桐
おもむろに花をもたげぬ龍のひげ　　室積波那女

意味はわかっていても、実用性からいったらおよそ理不尽としかいいようがない長ったらしい季題もあることは、前章の「雀海中に入って蛤となる」の例ですでに述べた。見たことも聞いたこともない季題や、人がめったに使わない季題をピックアップして、あらん限りの想像力を働かせながら懸命に挑戦するのも、遊びとしての俳句の楽しみの一つなのである。

5 動不動——季語（二）

〝鶏頭《けいとう》論争〟という有名な水かけ論争がある。

鶏頭の十四五本もありぬべし　　子規

明治三十三年の句で、ということは子規没二年前の句で、すでに病勢はかなりのところまで進行している時期の作だとみていい。病床の子規が重い頭を庭先にめぐらすと、鶏頭の花が、病人を励ますような、もしくは病人をあざ笑うような赤さで咲き誇っている、その数およそ十四、五本ばかり……というような句意だろう。この俳句をめぐって、名句であると讃える声と、なんだこんなもの、と酷評する声と、評価は真二つに分かれたまま、いまに決着はついていないようである。

なんだこんなもの、という論者の第一点は、あまりにも単純すぎてどこがおもしろいのかわからない、というところにある。第二に、なぜ十四、五本なのか、五本ではいけないのか、二、三十本でもいいではないか、という点が論争の中心になった。

いや、そういうものではない、この十四、五本という数は子規の眼中のものを表現して過不足がない、というのが評価派の主張である。山口青邨《せいそん》氏もその一人で、『明治秀句』という自著の中で次のように述べておられる。

「俳句によく数字が使われる。いくつにするか、何度も迷う。事実に即して、しかも最適な数を発見、創造するのであって、なおざりの数ではない。この句はその数も面白いし、『ありぬべし』の表現が、一句をひきしめて人に迫ってくる。あまりの単調さもこれで破られている」

論争の中心点はあくまでも鶏頭の本数にあるわけだが、本数もさることながら、むしろ上五に置かれた季語の部分が論争になってもいいのではないか。なぜ「鶏頭」でなければいけないのか。雛菊の十四五本もありぬべし、曼珠沙華《まんじゅしゃげ》十四五本もありぬべし、水仙の十四五本もありぬべし、というぐあいにあてはめていったら、春夏秋冬全部に合ってしまう。十四、五本という本数にも、季語そのものにも、なんら必然性がなく、いってみれば〝動く句〟ではないか、という説をなした俳人も、もちろんいる。好著『現代の俳句』（正・続）をあらわした志摩芳次郎《しまよしじろう》氏もその一人で、試みに「はぜ舟の十四五艘はありぬべし」「花見客十四五人は居りぬべし」と置き換えてみてどこがおかしい、と痛烈に評している。

激賞派のほうでは、西東三鬼が「強健無比の十四五本の植物に彼は完全に圧倒され、自分の生命の弱小さをいやといふ程見せられた」のだと解して、子規俳句の中でも感動の一句にかぞえているし、山本健吉氏も「ここには的確な鶏頭の把握がある。この句を支えているものは、純真無垢の心の状態がつかみ取った一小宇宙の明瞭な認識であって、そこには何の混乱も曇りもない」と賞讃した上で、波郷門下の斎藤玄氏が提起した本数による美の相違という疑問を一蹴して、七八本と十四五本とどちらが美しいか較べるなぞは「庭師にでもまかせておきたまえ」と述べている。

本数はともかくとして、鶏頭の、あの赤さに、病子規が喀血《かっけつ》の血の色を連想することは自然だろう。

病《やまい》あつい子規の網膜に鶏頭の赤が焼きついてあの句が成ったのだと考えれば、やっぱり雛菊や水仙ではぐあいが悪かろう。句の迫力と与える感動が、鶏頭と雛菊ではまるで違ってくる。

俳句の鑑賞で、なぜ鶏頭か、というようなことをいい出したら、そもそもきりがないのである。

流れ行く大根の葉の早さかな　　虚子

虚子の代表句の一つとしてもてはやされている傑作で、私のもっとも好む句だけれど、この句にしても、なぜ大根の葉なのだ、人参の葉ではいけないのか、蕪の葉っぱでもよかろうに、という疑問を、投げて投げかけられないこともない。

虚子の自解によれば、昭和三年十一月、九品仏《くほんぶつ》吟行の際に「フトある小川に出で、橋上に佇《たたず》んでその水を見ると、大根の葉が非常な早さで流れている。（略）その瞬間の心の状態を言えば、他に何物もなく、ただ水に流れて行く大根の葉の早さということのみがあったので」それがそのまま句になったのだという。

以来、この句は『ホトトギス』派の教義である写生のお手本として広く人口に膾炙《かいしゃ》しているわけだが、それほどの名句でも、それがどうした、といわれればそれまでである。流れ行く大根の葉の早さかな、それがどうした。遠山に日の当りたる枯野かな、それがどうした。どんな俳句も、そのひと言でふっとんでしまう。俳人殺すにゃ刃物はいらぬ、それがどうしたといえばよい。俳句とは、つまりそういうものなのである。そのへんのところがわかっていない人間が、なぜ大根の葉でなきゃいけないのだ、人参の葉っぱでも同じことじゃないか、というようなことを口にしたがる。まあ、いいから、この句を二、三度読んでごらん。二、三度でわからなければ、四、五回、四、五回でわからなければ十回十五回と、わかるまで読み返すことである。何の変哲もない小川の流れの意外な速さが、「大根の葉」という一語でくっきりと目にうかんできませんか。おそらくはほんのひとまたぎほどだと思われる川幅も、大根の葉が暗示しているし、川上のほうで大根を洗っている主婦の姿まで見えてくる。川とも水とも述べないで、見事に川そのもの、水そのものを描き出しているではないか、とこれだけ縷々《るる》説明しても、それがどうした、といわれればやっぱりどうしようもない。

季語の〝動・不動〟という一つの物差しに照らせば、虚子のこの句にあって、大根の葉はまず動かない。まず、と書いたのにはわけがあって、厳密な意味での不動の句などというものは、そうそう作れるものではないからだ。

昼みれば首すじ赤きほたるかな　其角

この句の季語「ほたる」は絶対に動かない。「すずめ」「つばめ」「とんび」どれを入れても支離滅裂句になる。昼みれば首すじ赤き宿酔《ふつかよい》、これならぴったり妥当するけれど、残念ながら「宿酔」は季語ではない。私なんか春夏秋冬いつだって宿酔である。其角《きかく》のこの「ほたる」は絶対不動の季語であり、その意味ではみごとだと思うが、句そのものはちっともいいと思わない。駄句である。

逆に、名句なのに季語が動く句はいくらでもある。

百姓に花瓶売りけり今朝の冬　蕪村

しぐるるや僧も嗜む実母散　茅舎

僧も嗜《たしな》む実母散《じつぼさん》なぞは、いってみれば、根岸の里の侘《わ》び住まい式であって、どんな上五をのせても、たぶんびくともすまい。炎天や僧も嗜む実母散、花の雨僧も嗜む実母散、大寒や僧も嗜む実母散、みんなオッケーである。その中からどの季語を採用するかを考えることも、作句の行為なのである。句会の席で切羽詰まったときに、あり合わせの手持ち句の季語をとりかえることで一句を捻出することも、一つの知恵であって、むりやりくっつけたその句のほうが、原句よりむしろいい句になったりすることも少なくない。そうやって作る俳句のことを、私は〝やりくり俳句〟と呼んでいる。いかに苦肉の策とはいえ、そんな姑息な手段を弄するのは、われらへっぽこ作者だけかと思っていたら、そういう操作は専門俳人の間では日常茶飯事のことです、と村山古郷氏が教えてくれた。だから安んじてやりくり俳句も作ればいい。ただし、いくらやりくり俳句といっても、人さまの俳句でやりくってはいけない。それはやりくり俳句とはいわない。盗作と申します。

一句中の季語は、動くのがふつう、動いてあたりまえであるけれど、できることなら不動の季語を用いて不動の名句を作りたい。これは容易な技ではない。だからこそ遊びとして面白いのである。遊びはむつかしければむつかしいほど面白い。

6　禁忌《タブー》は禁忌《タブー》——季語（三）

「無季俳句」というものを、一つのジャンルと考えたり、主義とする態度を、私は排斥する。

　昭和五十一年に九十一歳で亡くなっている荻原井泉水《せいせんすい》は、青年時代に碧梧桐の新傾向俳句運動に参加し、のちに季題廃止を主張して、あの碧梧桐とさえ袂《たもと》を分かったほどの季題無用論者だが、戦前の著『新俳句入門』（昭和十五年刊）で、次のように述べている。

「旧来の俳句に於ては、俳句になる品物の数をチャント定めてしまつたものだ。『季題』といふものが其である。新しい俳句は『季題』といふ物は全く念頭に置かない。『季題』即ち春夏秋冬の四季の題でないものでも、たしかに『俳句』になるのである。（略）『俳句』『俳句』と俳句の観念にとりつかれてゐては、本当の『俳句』は解らない」

　自説の傍証として、井泉水は文中〈略〉の部分で例句の引用に紙数を費しているのだが、「車輪にふれた人間だ何処《どこ》だまつくらだ」（北朗）、「まひる、船へでんしんがきた赤いじてんしやからおります」（詩外楼）、「ころりと寝ころべば空」（山頭火）といった箸にも棒にもかからない句を称揚して、春か秋かなぞと季題を詮索する必要は毫《ごう》もない、と断定している。

これはもう「季題廃止論」ではなくて「俳句廃止論」にほかならない。俳句解体を叫ぶ無法の論理である。何度も繰返すようだが、「有季」と「定型」は、俳句の根幹をなす二大ルールであって、いってみれば交通信号の万国共通ルールみたいなものなのだ。青は渡れ、黄色は注意、赤は止まれという絶対の約束があるのに、そんなものにとらわれるな、無視したほうが自由に走れるといってぶっとばすドライバーがいたらどうお思いか。無法としかいいようがないではないか。ルールはルールなのである。ルールに従わない無季俳句は、無季であるがゆえに「俳句」とはいえない。

無季だろうが破調だろうが、お作りになるのはご自由である。よしんば「怒《いかり》にかつとして夢であつたか」（井泉水）などというシロモノといえども創作は創作、だれに遠慮がいるものか。どんどんお作りあそばせ。ただ、それを「俳句」だなどとはいうて下さるな。それだけのことである。そのかわり、こっちも、そちらの作物《もつ》にさしでがましいことなぞいっさいいわないし、いう資格も権利もない。ましてや「自分の茶碗がある家に戻つてゐる」（同）という作品をつかまえて、俳句の山下清、句を作る前に、とりあえずＩＱ値の測定を、などとぼろくそにこきおろすなんて、そんな失礼なことができるものか。

いま私が述べているようなことは、とうの昔に諸家が唱えていることで、だから井泉水も前出の入門書の中で、先まわりしてこう書いている。

「あなた方は在来の俳句といふ国に大さう愛着をもつてゐる、其を変革するといふ事をおそろしく嫌つてゐられる。で、自分達の国の夢を驚かすやうな事のないやうに、自分達の国とは離れたところで好きな事をやつてもらひたい、さういふ気持なのではないか」

わかってるんじゃないか。

そっちはそっちで勝手にやってくれ、という考え方のどこがいけないのか。いけないのだ、と答えて井泉水は「八紘一宇の精神」を持ち出してくるのだからおそれいる。日本の大陸進出が、東亜に王土を築くためと、人口も資材も行きづまった島国日本が生きのびるために必要であるのと同じ理由で、俳句も「八紘一宇」でなければ滅亡の一途をたどるにきまっている、というのである。

そんなことで滅亡するのなら、滅亡したらいい、と私は考えるものである。

とにかく無季の句は、われわれ素人が作るものではない。作ってはいけない。とはいうものの、ごくまれには、季の入らない句で、ちょっと捨て難い十七文字が何かのはずみで浮かぶこともあるだろう。そういうときにこそ、俳句に許されている便法である「前書き」を利用すればいい。芭蕉だって無季の句は作っているのである。

無季
歩行《かち》ならば杖つき坂を落馬かな　芭蕉

俳聖の句とはとても思えないようなお粗末な句であるけれども、前書きで「無季」と断っているところを見ていただければそれでいい。おっと忘れていた。代表的な無季、無季にして失語症的俳句の、松島やあゝ松島や松島や、も芭蕉の作とされているけど、ほんとかなあ。

無季よりももっと問題があるのは、いわゆる「季重なり」の句である。一つの句に二つ以上の季題を入れてはいけない。これもルールである。

目には青葉山ほとゝきす初がつお　素堂

古池や、と並んでもっとも人口に膾炙《かいしゃ》されている句だけれど、季重なりもいいところである。そんなことは、もちろん百も承知の上で、素堂としては爽やかな初夏の季節感を最大限効果的に表現しようとして、この手法をとったものにちがいない。したがって、この句のほんとうの季語は、青葉でもほととぎすでも初がつおでもなくて「季節感」なのだ、と思えば、おもしろい句だなという気がしてこないでもないが、でも、こういう手法は商売人の手口であって、アマチュアがまねするものではない。

高名な俳人の作品に、季重なり句の多いこと、おどろくほどである。

うめ一輪一りんほどのあた丶かさ　嵐雪
枯菊の根にさまざまの落葉かな　虚子
小春日や石を嚙みゐる赤とんぼ　鬼城
蛍火や馬鈴薯の花ぬるる夜を　蛇笏

「うめ」と「あたたか」(春)、「枯菊」と「落葉」(冬)、「小春」(冬)と「赤とんぼ」(秋)、「蛍火」と「馬鈴薯の花」(夏)、まちがいなく季重なりである。にもかかわらず、これらの句が諸家の佳什《かじゅう》としてそれぞれに評価され、いまに通用しているのは、俳句の世界に暗黙の了解があるからで、一見、季重なり句にみえても、一句の中心になる季語が、他の季語よりはっきり強く働いていて、全体の印象が分裂していなければかまわないとされているのである。主と従に分けて、主のほうを「季題」、従のほうを「添え題」と呼んで昔は区別していたらしい。だから、初心者は季重なりについてはあまり気にすることはない、という教え方をほとんどの入門書はしているようである。無数といってもいい季節の言葉や事物にとり囲まれて生活している以上、ふつうに何かを詠めばどうしたって季が重なることは避けられないのだから、ある程度の季重なりはやむをえないのだ、と教えている。たしかにそれはいえる。自分で実地に句を作ってみれば、すぐわかる。一句一季語のつもりで作っているのに、出来上ってみると、あれれ、もう一つの季語もしくは季語的な言葉が入っていた、というハプニングは、よくあることである。だから気にするな、と専門俳人は教え、だから気をつけろ、と私は教える。「だから」という同じ接続詞が、まったく正反対の考え方に接続するのである。

季重なりについては、どんなに警戒しても警戒しすぎということはない。

某《それがし》は案山子《かかし》にて候《そろ》雀どの　漱石
雪どけの中にしだるる柳かな　龍之介
お萩くばる彼岸の使行きあひぬ　子規
長火鉢抽斗かたく春の雪　万太郎

おしまいの長火鉢の句は、素材といい光景といい、いかにも万太郎好みの世界をさらっとえがいていて、実にうまい句だと思う。

いまではもうめったに見られなくなった長火鉢は、日本人の生活習慣を「人間工学」的に計算したかと思われるような、すばらしい暖房器具だったが、いまにして思いだすに、重宝便利ないくつかの抽斗《ひきだし》のうち、なぜか一つだけすべりが悪いのである。かたい抽斗を強引にひきだしたときのきちきちという感触は、いまでも手が覚えている。やっとひきだした抽斗をふたたび強引に押込むと、その空気圧で、別の抽斗が、ふわっ、ととびだしたりして。

この句の「春の雪」が春の季語であることはいうまでもない。問題は「長火鉢」である。ただ「火鉢」といえば当然冬の季題であり、類似語として「火桶」「手焙《てあぶり》」「桶火鉢」「大火鉢」といった言葉が、どの歳時記にも記載されているのに、「長火鉢」だけが出ていない。これはどういうことなのだろう。

長火鉢に、季節感ありやなしや。私の偏見でいわせてもらえば、長火鉢の主《ぬし》が、堅気《かたぎ》か堅気でないかで、ちがってくるのではないか。堅気の感覚でいえば、長火鉢はもちろん冬のものである。堅気ならざる方面、といっても、べつにやくざの何々一家や何々組を指しているのではない。ぶっそうな方面の暖房がどうなっているのか、そんなことなんかどうでもいい。ここでいうのは、待合とか置屋とか料亭とか、そっちの方面のことである。あいうところでは、四季に関係なく、春夏秋冬、長火鉢が女あるじの部屋の主役になっているのではないか。だとしたら、この句は決して季重なりではないということになるわけだが、よしんば季重なりであったとしても、うまい句だなあ。

万太郎には季重なりの句がとりわけ多い。

秋風にふくみてあまき葡萄かな　万太郎
きぬかつぎむきつつ春のうれひかな　同

傍点をほどこした語が、それぞれ季題である。どちらが「主」で、どちらが「従」だ、という判定もくだせない。

あとの句に至っては「きぬかつぎ」が秋の季題で、「春のうれひ」（春愁）は文字どおり春の季題なのだから、季重なりどころか季分裂である。

季分裂の句というのをためしに作ってみようと思うと、それはそれでなかなかむずかしい。いまの「きぬかつぎ」の句は、「秋」と「春」、せいぜい二季にまたがっているだけだけれど、そんなケチなことをいわずに、いっそのこと、四季に分裂する句を作ってみようか。

名月に影もおぼろや瓜と葱

苦心惨憺、こんな句ができた。「名月」（秋）、「おぼろ」（春）、「瓜」（夏）、「葱」（冬）で、一応四季をとりそろえてみたものの、なぜ「瓜」と「葱」なのか、作った自分でもわからない。季分裂句などというものは、作ろうと思っても、なかなか作れるものではない。無理に作ってみたところで、なんの意味もない。

これは私の想像だが、万太郎は、季重なりなどという禁忌《タブー》を、むしろ問題にしていなかったのかもしれない。一つの見識というべきである。でも、一句一季語にあくまでこだわるのも、一つの見識である。

そこで提案だが、だれの目にもはっきり季重なりとしか見えない句ができてしまったら、無季俳句の便法と同じように、前書きつきで発表するというのはどうかしらん。「季重なり……なれど」などというのは、それはそれで趣《おもむき》が出てくるような気がする。だから、建前は建前、本音は本音として、うまく立ちまわればいい。お断りしておくけれど、私がいうのは、建前というのが季重なり句のことであって、本音は、季重なり許すまじ、である。

こんなことをおすすめするのは、ちょっと問題があるかもしれないが、俳句の遊び方の一形態として、内緒でお教えする。よろしいか、芭蕉だろうが、子規だろうが、漱石だろうが、鷗外だろうが、季重なりの句を見つけたら、かまうことはない、勝手に添削しちゃう遊びである。この遊びを、ぜひおすすめしたい。

葱白く洗ひたてたるさむさ哉　芭蕉

「葱」も「さむさ」も冬の季題で、したがって明らかに季重なりの句である。主従の関係もそれほどはっきりはしていない。だったら添削してさしあげるべきである。さて、どう直そうか。やっぱり下五をとり換えるのがいちばん妥当だろう。安直なところで、葱白く洗ひたてたる厨《くりや》かな、としてみたらどうだろう。この場合の「かな」は平仮名がいい。「厨哉」では重すぎる。もともと薄暗くて、ひんやりとしているのが昔の厨なんだし、そこへもってきて、洗ったばかりの葱が白かった、といえば、「さむさ哉」の意は言外に汲みとれるのではあるまいか。

春雨や柳の下を濡れて行く　漱石

「春雨」と「柳」がともに春の季題で、だから季重なりだ、と指摘する以前に、はっきりいって、添削する気にもなれないつまらない句である。文人俳句の雄といってもいい名手漱石の句だとは、とても思えない。一読「春雨じゃ濡れて行こう」という芝居の台詞を連想させる。江戸っ子漱石が、精いっぱい洒落たつもりで、パロディ俳句に仕立ててみせたのだろう、と思いたくなるところだけれども、あの台詞で知られる『月形半平太』の初演は大正六年で、漱石はその前年に歿《ぼっ》している。まじめな句だとすれば、ますますいただけない。添削という行為は、原句の意図なり俳趣なりをとどめて直さなければならないのだから、そうなるとおおごとである。

絹糸の柳の雨に濡れゆけり

さんざん考えたあげく、こんなふうに形だけととのえてみたものの、自分でも気に入らない。気に入らなくても、あの句だったら、これが限度ではないか。

秋近く蝿死すと日記《にき》に特筆す　鷗外

「秋近く」と「蝿」とが季重なりであることはいうまでもない。こまかなことをいえば、「秋近し」は分類上「夏」に収められている季題だけれど、実質的にはほとんど秋であり、もう一つの季題である「蝿」は夏。そういうふうに厳密に見れば、この句の季は分裂している。それに「日記」と書いて「にき」とルビをふったりするやり方も、私の好みではない。「男もすなる日記《にき》といふものを女もしてみんとて」という『土佐日記』を持ち出すまでもなく、このほうがむしろ国文学的には正統なのだろうが、いまとなっては少々きざである。字あまりになってもいいから、日記《にっき》は日記《にっき》と読ませたい。

この句は、明治三十七年、第二軍医部長として日露戦争に従軍した鷗外の陣中詩集『うた日記』に、短歌三百首をはじめ長詩、旋頭歌などと並んでおさめられている俳句百七十句中の一句である。ここは御国を何百里離れて遠き満州の、という状況下で詠まれた句であることを踏まえて考えると、「蝿死す」の一語に万感の思いがこめられているように受取れる。だったら、句の中心点をそれだけにしぼったほうが、なおさら陣中吟の緊張感とやるせなさが伝わるのではないだろうか。

蝿死すと書いて日記をとじにけり

「特筆す」と強調したところにこの句の値打ちがあるのに、何ということをしてくれたのだ、無礼者退《さ》がりおろう、と地下で鷗外が烈火のごとく怒っていたって知ったことではない。

添削の成果、というより改竄《かいざん》の結果を、世間に発表さえしなければ著作権の問題も起こりようがないのだし、遺族の感情を害することもない。鷗外、漱石のように、すでに著作権が失われている人物の句なら、なおさらいい。ひそかなたのしみとして自分だけでやっているぶんには、現存する大家の作品だって、かまうことはない。大家にも拙作というものはいくらでもあるのである。それらを拾いだして、自分の趣味に叶うような句に手直しをほどこしてみるのは、秋の夜長など、格好の遊びになる。

この俺が、俳聖を添削する、文豪を添削する、そう思っただけでもぞくぞくする。

7　切れ字は宝

皆吉爽雨氏のあとを追うようにして、中村草田男《くさたお》氏が亡くなった。昭和五十八年八月五日、八十二歳。虚子門下の逸材で、俳壇における人間探求派の指導者として、ストイックといってもいい句境を確立し、戦後は俳誌『万緑』の主宰者として大きな足跡を残した功労者であることはいうまでもない。いまではだれもが当然の季題として疑わない「万緑」という言葉が草田男の創造であったということも、俳句の世界ではよく知られている。

万緑の中や吾子の歯生え初むる　　草田男

昭和十四年一月に誕生した次女のすこやかな発育を歓喜の表現に託したこの句は、その年六月の東大ホトトギス会に投じられて一躍有名になり、以後、「万緑」という一語が季語として俳壇に定着した。その「万緑」から、さらに「青」とか、「青岬」といった新しい季語も派生して、最近では「青い山」などという言い方までが季語として使われだしているそうだが、青春映画の「青い山脈」じゃあるまいし、この季語は無理だと思う。山頭火の例の「分け入つても分け入つても青い山」は、当人にだって季題の自覚はなかったはずだから、先例にはならない。

で、草田男といえば、もうこの句にとどめをさす。

降る雪や明治は遠くなりにけり　　同

知らぬ人なき名句である。草田男一代の絶唱、というより昭和の絶唱ともいうべき傑作で、名句もこれだけになると、だれもなんにもいわないけれど、この句、実は俳句のルールに違反している。

降る雪や、の「や」と、なりにけりの「けり」。

一句に切れ字が二個あってはいけないというのが、俳句の基本原則なのである。とくに「や」「かな」「けり」の混在は、季重なりと同じく俳句の禁忌とされている。

「なぜいけないか――その理由は、皆さんが一考してみられれば、直ちにわかるはずです。『や』か『かな』かの切字が添っていると、それぞれの強いリズムによってその部分、部分の強い印象、感銘を読者に与えます。つまり切字の添った部分が、一句に含まれた詩の世界の気分、情趣の中心点、統一点になるわけです。一句に中心点、統一点が一個だけあることは結構ですが、もし二個あると、どうなるでしょう。――その一句は、二つの部分に分裂し、割れてしまって、一句としての気分、情趣はかえってまとまりのないバラバラなものになってしまわざるを得ません。（略）〝二兎を追うものは、一兎をも得ず〟であります」

噛んで含めるように戒めているのは当の草田男自身であり、右の文章が載っている『新しい俳句の作り方』の中では、切れ字の重複について「禁止鉄則」という言葉まで用いている。

鉄則を破って、草田男は、この句にあえて切れ字を併用した。なんでも、母校である青山高樹《たかぎ》町近くの小学校のあたりを散歩中、二十数年前と寸分違《たが》わない無人の街や校舎のたたずまいに感慨を催しているうちに、この句が、おのずから口をついて出たんだそうで、初案の「雪は降り」という上五が、完成句の「降る雪や」におちつくまでに、推敲には非常な苦心を払ったと、作者自身が述べている。

雪は降り明治は遠くなりにけり
降る雪や明治は遠くなりにけり

並べてみると、断然完成句のほうがいい。二個の切れ字を使ったことで「中心点が分裂」するどころか、降る雪や、の「や」がたたえている余情と、遠くなりにけり、の「けり」にこめられている詠嘆がうまく溶け合って、むしろ相乗効果を発揮している。格調といい、句柄の大きさといい、すがたのよさといい、傑作の名にふさわしい上乗《じょうじょう》の句である。この句が成ったのは昭和六年だが、人びとの口にのぼる頻度のことを考えれば、まさしく昭和の名句といえよう。

そこで二通りの言い方が可能である。

（一）鉄則に違背しているという事実は事実として、名句であることに変りはない。

（二）名句であるという事実は事実として、鉄則に違背していることに変りはない。

どちらに与《くみ》するかは、もとよりご自由である。私の個人的な趣味、及び本書の性格からいえば、やっぱり後者ということになる。

切れ字の禁忌に抵触している句は、高名な俳人の作品の中にも時おり散見し得る。

奥山や秋はと問へば薄《すすき》かな　子規

朧夜や吾も驚く案山子かな　虚子

前句は子規二十五歳、あとの句は虚子十八歳の、いうなれば未熟の作だった、という弁解が成り立つとしても、子規、虚子ほどの人にして、意識的にか無意識のうちにか知らないけれども、ルールを破ることがあるのである。ましてや、われわれアマチュアの場合、よほど気をつけていないと、ついうっかりして切れ字が重なる句を作ってしまう。実際に作ってみればわかることだが、「や・かな」を重ねると、一句をまとめやすいし、出来上った句もなんとなくさまになっているような気を起こさせるもんだから、どうしても、禁忌句を作りやすいのである。それに、芭蕉も「四十八字、皆切れ字」といっている。だから、あまり窮屈に考えることはない、という教えもわかるけれど、何度もいうようだが、禁忌は禁忌である。

芭蕉流の考え方に従えば、切れ字の重複を避けることは至難のわざである。せめて「や・かな」と「や・けり」の併用だけは絶対に避けたい、と思う。「絶対に」といったら絶対に、であって、「や・かな」の句が出来ちゃったときには、どんな無理をしてでも、たとえ句の持味をそこなってでも、どっちか片一方の切れ字を変えることを、私は自分に義務づけている。それぐらいにしてこそ作句のおもしろさがあるのだし、切れ字も生きてくるというものである。

なぜ切れ字がそんなに大切なのか。切れ字がもたらす効果を、思いつくままにあげてみる。

強調、詠嘆、疑問、完了、余韻、視覚的効果、聴覚的効果。

四十八字皆切れ字、というぐらいの切れ字の中でも、「かな」は切れ字中の切れ字であって、おおむね、一句を結ぶ役割りを果たし、ある感動を伝えるとともに、俳句全体の格調をかもしだすのに役立っている。同じく、一句の結びに使われる「けり」は、本来的には完了をあらわす助詞だが、俳句ではむしろ詠嘆の心を込めて使われることが多い。

一句のすがた、かたち、さらには調子を整え、格調や品格を添えるという意味で、切れ字が俳句になくてはならぬ宝であることは、こんな句まで詠まれていることでもわかる。

霜柱俳句は切字響きけり　波郷

や、かな、けり、は俳句の核といってもいい。そのニュアンスを正確に伝えられない限り俳句の翻訳は不可能である、というのが私の持論なのである。

切れ字とは別に、句切れ、という言葉もある。五七五をどこで切るかという息づかいの問題である。

冬の梅／月は天城をわたりけり　秋桜子

十六夜や／佳き短冊に墨をする　同

いずれも／の一拍が句切れである。これも一句に二つ以上あってはいけないとされている。その過失を避けるための具体的なテクニックについては「一方で切れば他方は流す」という秋桜子の言葉が教科書のようなことになっているのだけれど、わかったような、わからないような。

8　前書きの効用

一句の前にごく短い文言を添えて、句意を補ったり背景を説明したりするのが「前書き」である。句集に編む場合には、小さな活字を用いることが多い。「どこそこにて」と地名を明示しておくことはだれもがよくやることだが、これが「巴里にて」だの「アンカレッジ上空」だの「ブロンクス、いまやニューヨークの恥部とかや」などとくると、うーん、キザだけどカッコいい、という気が、いかにもするじゃないですか。さりげなく「再訪ブロードウェイ」なんていうのもニクいし、「ストックホルムにてスウェーデン国王よりノーベル賞を賜わる」とでもあったら、カッコよさの極致である。

その前書きを嫌う人もいる。

「前書きは卑怯ですぜ」

内田百閒先生の持論である。一句は独立して読まれるべきであり、注釈つきでなければ意味を汲みとれないような句は、句としての力が不足している、というのであって、たしかに理屈としてはそうかもしれない。でも、その百閒先生にだって前書きつきの句はあるのである。

多美野ニ
秋晴れをもどりしかうぶ髪のぬくみ　百閒
亭主ヲ諫ム
亀鳴きて貴君は酒に吃りけり　同
俳聖古郷ニ献ズ
新禿や君がうなじに光る風　同

第一句は百閒令嬢に、第二句は名紀行『阿房列車』の名随行員ヒマラヤ山系こと平山三郎氏に贈った句であり、第三句が村山古郷氏に宛てたものであることはいうまでもない。村山さんにとっての百閒は、師であり、恩人であると同時に、俳句の門弟でもあったようだ。だからこそ百閒先生は「俳聖」という最大級の形容と「古郷ニ」という呼び捨ての表現とをドッキングさせているわけで、本来相容れないはずのその表記に、えもいわれぬ味がある。
「吃りけり」だの「禿」だの、いまだったら差別用語としてただじゃすまないような句だけれど、前者は昭和二十六年、後者は二十二年の作なのだからやむを得ない。おそらく酔余興にまかせて、半分川柳のつもりで詠んだ句ではないかと想像する。そういえば百閒先生は川柳の擁護者で、川柳を馬鹿にするものではない、出来のいい川柳は下手な俳句よりはるかに上等なものだ、というのが持論だったと聞く。熱烈な百閒信者であった私は、幸か、不幸か、たぶん幸運にも、というべきなのだろうが、その謦咳《けいがい》に接したことは一度もない。むかし私が勤務していた出版社の重役が百閒先生の教え子で、私の百閒信仰を知って、これをきみにやろう、と下《くだ》しおかれた色紙が、いまも拙宅の茶の間に飾ってある。そろそろ変色しかけて、しみまで浮き出てきた色紙に文字だけは墨痕淋漓《ぼっこんりんり》、見るからに雄渾《ゆうこん》な書体で、こうある。

長イ塀ツイ小便ガシタクナリ　百鬼園

家宝というには、あまりにも品がないことを認めた上で、なおかつ、私の家宝なのである。笑わば笑え。

いまは川柳の話ではない。俳句の話である。前書きは、なければないにこしたことはないという考え方を前提とした上でいうのだけれど、場合によっては、あったほうがむしろ効果を発揮する句も、決して少なくはない。正岡子規の、雪の深さを尋ねる有名な次の一句などは、前書きを得てはじめて光彩を放つ。

病中雪
いくたびも雪の深さを尋ねけり　子規

明治二十九年の作だが、このとき子規は、すでに病床にあった。正確には「病中雪四句」とあって、「雪ふるよ障子の穴を見てあれば」「雪の家に寝て居ると思ふばかりにて」「障子明けよ上野の雪を一目見ん」の三句と並んで認《したた》められたものである。並べてみると、代表作の一つとされているこの句が、やはり格段にすぐれている。

雪は人の心に、ある高揚を与えるものだが、病床にあって神経が異常に過敏になっている病者にしてみれば、その思いもひときわ強かろう。だからといって、身軽に立ったり座ったりすることは病人には無理だし、それだけの体力も気力もない。わくわくする思いが半分と、もどかしい思いとが半分で、家の者が病間に現れるたびに、もうどれぐらい積もったか、と同じことを尋ねて飽きない心理はよくわかる。病人の想像力の中の雪の白さこそが、この句の眼目だろう。かりに「病中雪」の前書きを取り払って、いきなりぽんとこの句を示されたら、味もそっ気もない句になってしまう。病床にあってこそこの句は深みを増し、哀れもひとしおなのであって、これがもし、健康体の人間がいくたびも雪の深さを尋ねたのであれば、ただの不精者の句にすぎない。

前書きそのものが一つの雰囲気を伝えて絶妙の句が、芥川龍之介にある。

あてかいな　あて宇治の生まれどす

茶畑に入り日しづもる在所かな　龍之介

これまた前書きがあるのとないのとでは、句趣がまるで違ってくる。酒席で客に出身地を聞かれた舞妓かお酌の口をついて出たやわらかい京訛りのつぶやきを、そのまま前書きにあてることで、何がなしの余情、つまり一種の付加価値みたいなものを添えているところが、この句の真価である。

漱石門下の寺田寅彦にも、ちょっとおもしろい前書きつきの句がある。

月末決算をし乍ら自ら憫む

先生の銭かぞへゐる霜夜かな　寅彦

松根東洋城《とうようじょう》主宰の俳誌『渋柿』に寄せた大正七年の作である。大正七年といえば、寺田寅彦は東京帝国大学教授として物理学を講じていたはずで「自ら憫《あわれ》む」ほどの安月給だったとも思えないのだが、学者貧乏という言葉もあるし、昔の官吏は清貧ニ甘ンズという言葉に矜持のようなものを抱いていたらしいから、この前書きは案外実感だったのかもしれない。帝大教授ともあろう一家の主《あるじ》が、こまかい銭勘定にいそしんでいる図を想像するといかにも滑稽だが、実はその前年の秋に寅彦は夫人に先立たれているのである。「今そこに居たかと思ふ炬燵かな」というような句に悲哀を託してもいる。そういう事情までは、この前書きからは汲みとれない。貧乏教師のぼやきを、滑稽のベールに包んだような、さらりとした句になっている。銭勘定というみみっちい行為に「月末決算」という大袈裟な言葉をあてているのも、結果的にユーモラスな味を出しているようである。何より、先生の銭かぞへゐる、の「先生」がいい。自身を客観視しているようでもあるし、薄給の学者の自嘲のようでもあるし、なかなかに味のある一語の選択である。

先生で思い出したが、俳人協会理事長の草間時彦氏に、こんな句がある。

清瀬　訪東療

先生涼しテレビより吾に寝返りて　　時彦

清瀬の療養所で最後の夏を迎えていた石田波郷を見舞った際の句である。波郷死去前年の句だが、悲愴感はない。思いのほか軽い身のこなしをみせた、一瞬の師の動作に、つかの間の小康を感じとった作者のよろこびと安堵感が句にあふれている。「先生涼し」といきなり破調ではじまる上五が、いかにもさわやかである。前書きにも、一句の中にも「波郷」の名を出していないところが、師弟愛の深さであり、俳句的妙味でもある。

前書きをつけるつけないは、結局好みの問題に帰着する。先人の句を眺めていると、前書きが好きな作者と嫌いな作者に、はっきり分かれるようで、「病中雪」の子規などは、かなりの頻度で前書きを多用している。例の、柿くへば鐘が鳴るなり法隆寺、の句にも「法隆寺の茶店に憩ひて」という前書きがついているし、べつに具体性を持たない「所思」「閑居」などという前書きもしばしば用いている。ついでにいえば、子規には、柿くへば、のほかにも、大いなるやはらかき柿を好みけり、などという句もあって、よほど柿が好きだったらしい。自身でもその自覚があったとみえて、こんな前書きつきの句も残している。

我死にし後は
柿食《かきくひ》の俳句好みしと伝ふべし　子規

まるで遺言を思わせるような重大な前書きと、「柿食《かきくひ》」という意表をついた一語の対比がおもしろい。

前書きは簡をもってよしとする、と私は思うものである。「我死にし後は」などというのは、悪くない。だが、子規には長文の前書きつきの句もある。

蓑一枚笠一個、蓑は房州の雨にそぼち笠は川越の風にされたるを床の間にうやうやしく飾りて
蓑笠を蓬莱にして草の庵　子規

旅の思い出がしみついた蓑《みの》と笠を蓬莱《ほうらい》がわりに掲げて正月のお飾りにしてみた、してみ

たらそれがなかなかに似つかわしいわび住まいであるなあ、というほどの句意だろう。いい句なのかつまらぬ句なのか、私にはよくわからない。

その子規の手ほどきで俳句に熱中した夏目漱石は、明治三十五年の英国留学中に子規の訃に接して、「倫敦《ロンドン》にて子規の訃を聞きて」という追悼句を五句作っているのだが、追悼句については後章（『人の悼み方』）で詳述する。その前年の一九〇一年一月二十二日、大英帝国の栄光を築いたビクトリア女王が亡くなっている。


女皇の葬式はハイド公園にて見物致候、立派なものに候

白金《しろがね》に黄金《こがね》に柩寒からず　漱石

厳粛かつ贅をつくした女王陛下の葬儀の列を、漱石は下宿の主人に肩車をしてもらって見物したと日記に認《したた》めている。厳冬の倫敦だが、贅をつくした装飾のおかげで柩も寒くはないだろう、という詠み口は理が勝っていてあまりいい出来の句とはいいかねる。

詳しく調べたわけではないので、ちがっているかもしれないが、全俳人の中で前書きつきの句が圧倒的に多いのが久保田万太郎である。挨拶句の万太郎といわれた人だけに、当然といえば当然だが、「六世中村歌右衛門のために」「吉井勇君にしめす」といった贈答の前書きのほかに、「みづから恥づ」などという心境吐露や、「上野桜木町のさる方にて」という思わせぶりな前書きなどが目白押しである。何をそんなに「みづから恥」じたりして

いるのかというと、ふかざけのくせまたつきし蛙かな、というのだから、なに、たいしたことではない。

あきかぜをいとひて締めし障子かな　万太郎

にくきは人の口なりかし
よその花は赤しとや

かなひたるねがひにながき日なるべし　同

実際、思わせぶりである。何があったのか、前書きからでは見当もつかないが、つかないなりに、それぞれ、ぴったりの句に仕上っているところがみごとなものである。日記がわりといってもいい長文の前書きもある。昭和二十年十一月の句というから、敗戦後三か月目の言語に絶する世相の時代である。

――このごろの横須賀線の混雑、容易なことにては乗れず、今日も家は早く出たのなれど、東京に着きたるは一時過ぎなり。とてもこれでは、時間の約束はできず。

度外《どはづ》れの遅参のマスクはづしけり　同

私もあの時期には、列車の窓から乗り込んだり、無蓋貨車に押し込まれたり、いやというほどみじめな体験をしている。まだ子供だったから、俳句のことなんか発想にもなかったけれど、あのひどい体験を、かりにいま味わったとしても、辛酸を句に託す気には到底なれないだろう。悲惨な時代や境涯にあって、なお俳句を作れるというのは、心のゆとりなのか、非常時ゆえのカタルシスなのか、それとも長年の修練による条件反射なのか、いずれにしても、あのどさくさの中で句が作れるという一事だけで、尊敬に価する。もっとも、「出たのなれど」は、語法としていただけないけれど。

戦争中に、作家にとっては死刑の宣告にもひとしい執筆禁止という処分を受けた小島政二郎氏も、その不遇をかこつ句を、前書きつきで残している。

軍部に睨まれて小説を書く自由を持たず
門前雀羅なり

小春日や爪の垢とる影法師　政二郎

手の爪とも足の爪とも書いてはいないけれど、小春日の縁側でうずくまるようにして足の爪の掃除をしている作者の姿が目にうかんでくるのは、「影法師」という一語の作用かもしれない。句だけを読んだのでは、ただうららかな光景をえがいた句としか読めないが、この前書きを得て、俄然、悲哀濃い陰影のある句になっている。

もう一度万太郎に戻る。全俳句集を見ていくうちに、前後編に分かれた二部構成の前書きまであったのにはおどろいた。

芸術大学邦楽科設置問題に関しての小宮音楽学校々長の態度ほど、近来、立派に、且つ、たのもしくおもえしものなし

花菖蒲ただしく水にうつりけり　　万太郎

——それにつけても、邦楽のいかなるものかさへわきまへざるやからの、お家の大事とばかり、いたづらに押しまはしたる横車、あぶらの切れし心棒をきしませたるをかしさよ

梅雨の焜爐おろかにあふぎつゞけけり　　同

続きものの前書きなどというのは、聞いたこともない。とにかく句がうまい。うまいところへ持ってきて、この前書きが句に二重の意味を持たせている。

芸術大学邦楽科で何があったのか知らないし、知ろうとも思わないけれど、学内の醜い対立抗争のたぐいのことを、指していることは察しがつく。その上で二句を読むと、なるほどなるほどと思えてくる。

万太郎が梅原龍三郎氏邸で赤貝を喉につまらせて急死したのは、昭和三十八年だった。その死後、万太郎について仮借のない文章を発表した作家某氏の筆に激怒した永井龍男氏が、びっくりするほど激越な前書きつきの句を詠んでいる。

故人久保田万太郎の人及び作品をあげつらひて、その文言許し難き男あり、口を極めて罵るといへど心癒えず。敬友余の忿言を捉へて曰く、厚顔無恥とはいま少々ましなものにて、彼奴の如きは、底なしの馬鹿といふべしと。

鮟鱇と汝が愚魯と弔さんか　東門居

彼奴の面皮、彼奴の貪食、生来下賤なる性情は、醜鮟鱇といへどもおもてを避けむか。

前書きだけではまだ足りないとみえて、後書きつきの念の入れ方である。よくよく腹にすえかねたのだろう。

それにしても「醜鮟鱇といへどもおもてを避けむか」とは強烈、いいもいったりである。

長女嫁ぐとて

淋しくもなにもなけれど春炬燵　同

こういう温厚な句風の主が、あれだけ怒髪天を衝くというところがすごい。

以上、諸家の前書きつきの句を眺めていくと、前書きには前書きのおもしろさがあって、一概に排斥する気にはなれない。ただし、前書きにべったりもたれかかっている句だの、俳句としてどうかと思われるようなものだの、そんな句と前書きの場合は、話が別である。

芭蕉に次の句がある。

語られぬ湯殿に濡らす袂《たもと》かな　芭蕉

これだけでは、どう読んだって風呂場の密会である。何が何だかさっぱりわからない。「湯殿」というのは、出羽三山の一つ湯殿山《さん》のことなのだ、と教えてもらったって、よくわからない。で、こんな前書きがついている。

「山中の微細、他言することを禁ず。よつて筆をとどめてしるさず」

ああそうなのか、と一応はうなずけても、それでもまだ釈然としない。「よつて筆をとどめてしるさず」とはどういうことだ。奥歯にものがはさまったような前書きも気になるし、句のほうもぴんとこないまま忘れていたのだけれど、十年ほど前、実際に湯殿山に登ってみて、あ、これか、とはじめて納得した。

古来人工を加えず、という湯殿山には「神殿」というものがなくて、赤褐色の大きな岩が御神体とされているのだけれど、土饅頭のような岩の何カ所かの窪みから、熱い湯がとろとろと湧いては、白い湯気といっしょに流れている。そうして、てらてらとにぶい色をたたえたその窪みの形状が、リアリズムの極致みたいに似ているのである。何に似ているかって、そこまでいわせないでよ。似たり貝という貝があるけど、似たり岩というものもあったのです、という答えでお茶をにごすことにして、よってもって、筆をとどめて私もしるさず。

これだけのことを踏まえて、もう一度あの句を読んでみる。

語られぬ湯殿に濡らす袂かな

俳聖の句ではあるけれど、前書きを取ったら句が成立しない。俳句そのものも、たいした句とは思えない。せっかくの前書きも不発であり、要するに失敗作と断じていいのではないか。

一茶にも、こんなとぼけた前書きつきの句がある。

鳩いけんしていはく

梟《ふくろふ》よつらくせ直せ春の雨　一茶

つらくせは「面《つら》ぐせ」である。たしかに鳩に較べて梟《ふくろう》の顔は奇怪である。その顔をなんとかしてくれ、だから「鳩いけんしていはく」……どうじゃ、という一茶の得意顔がちらちらして、この句、好きにはなれない。

9　つかずはなれず――挨拶句（一）

俳句は挨拶である、といみじくも喝破したのは山本健吉氏である。戦後間もなく、桑原武夫氏が「俳句第二芸術論」を唱えたのに対して、俳句固有の本質と方法に肉薄して、「俳句は滑稽なり。俳句は挨拶なり。俳句は即興なり」と氏は断じている。「挨拶句」という言葉自体も、かなり広い意味で昔から用いられていたようである。

行春を近江の人とおしみける　　芭蕉

元禄四年、琵琶湖に遊んだ芭蕉の有名なこの句は、近江の連衆に対する挨拶であると同時に、近江の風光に対する挨拶でもあるというのが定説になっている。この章では、もうすこし範囲を限定して、ごく日常的な意味での挨拶句を考えてみたい。社交贈答句と言い換えてもいい。

親しい人のお祝いの会とか記念パーティーの席などで、気のきいた俳句の一つもさらさらっと詠めたらさぞ気分がいいだろうな、とひそかに考えている人は想像する以上に多いようである。気持はよくわかるけれど、贈答句というのは、なんでもないようでいて、あれで意外にむずかしい。さらさらっと、などと考えるのがそもそも心得ちがいなのである。

永井荷風は、ああいう生活と気質の文士だっただけに、よくいえば達者な、悪くいえばすれっからしの挨拶句を多く作っている。

妓楼の行燈に
しのび音も泥の中なる田螺哉　荷風

妓の持ちし扇に
気に入らぬ髪結直すあつさ哉　同

市川左団次丈煙草入の筒に
春の船名所ゆびさすきせる哉　同

娼妓や芸者や役者に囲まれて、行燈《あんどん》だろうが扇子だろうが煙草入れだろうが、手当り次第に句を書き散らしながらやにさがっている歯抜け顔が揺曳《ようえい》するようなきざな句である。

もっとも、荷風の句に限らず、贈答句というものは、作ってみればすぐわかることだけれど、どうしてもきざになりがちである。きざになっても気にすることはない。俳句などというものを献じるという行為自体がそもそもきざな行為なのだから、それが厭なら贈答句なんかはじめから作らないほうがよろしい。ある程度きざに流れるのは贈答句の宿命だとして、注意しなければならないことは、うっかりすると世辞追従《ついしょう》すれすれになりがちなことである。みえすいたお世辞のことを、芸人言葉で「よいしょ」なぞといい、最近では、れっきとした堅気の人間が平気でよいしょだの、せこいだのと口走っている風潮はにがにがしい限りであるけれど、泣く子と流行には勝てない、世辞追従に流れた句をかりに〝よいしょ句〟と名づけておく。一対一の個人的なプレゼントだと考えれば、〝よいしょ句〟のよいしょ度が少々露骨であっても、みえみえであっても、一向にかまわないようなものだが、物品のギフトとちがって、俳句の場合は、贈ったあとで、ひとり歩きしはじめるからぐあいが悪い。

「細雪」自家版を読了、たゞちに作者におくる

下の巻のすぐにもみたき芙蓉かな　　万太郎

市川男女蔵改め三代目市川左団次におくる

初鰹襲名いさぎよかりけり　　同

左団次襲名を祝う句はともかくとして、「下の巻のすぐにもみたき」とは詠んだものである。自著のお返しにこんな句をもらったら、大谷崎といえども、さぞや気持をくすぐられたにちがいない。およそ文筆を業とする者で、自作を褒められていい気持にならない人間は、大文豪から三文随筆家まで含めて、一人もいないはずである。

人にものをもらったら返礼をもってするのが人間の常識というものなのだから、この程

度のよいしょ句は社交儀礼の範囲だと考えれば、べつにどうということもないわけだが、それにしても、下の巻をすぐにも読みたいというのは、殺し文句だなあ。殺し文句という場合の「殺し」の対象が相手のハートであることはいうまでもないが、まれには、われとわが身を殺してしまう殺し文句も、なきにしもあらず。蕪村がこんな句を作っている。

金福寺芭蕉翁墓前

我も死して碑に辺《ほとり》せむ枯尾花　　蕪村

いかに追慕敬愛のあまりとはいえ、いくらなんでも大仰にすぎないか。大仰であることには目をつぶるとして、俳句として作りすぎのきらいがある。死んでお供に、という発想がいやみだし、結びに「枯尾花」を持ってくるところが、ぴったりしすぎていて、かえって一句の疵《きず》になっている。

較べるわけではないが、西東三鬼の句碑が岡山県津山市に建立された際に、山口誓子《せいし》氏が詠んだ句はすばらしい。

津山冷ゆ石の三鬼に会ひに来て　　誓子

感情を極力おさえて、それでいて万感の思いがこもっている。一語の選択、一語の吟味も完璧である。「会ひに来て」という余韻を残した結び方がいい。「石の三鬼」もうまい。

三鬼なればこそ生きてくる表現であり、うまいからといって、石の何某、と手あたりしだいにあてはめたって、この句趣は出てこない。

挨拶句の要諦《ようたい》は、ほどのよろしさにある。贈る相手とつかずはなれずの態度で作ることが肝要なのだ、と口でいうのは簡単だが、やってみるとこれがむずかしい。さらさらっとはいかない、とはじめに書いたのは、ここのところである。

そのへんの呼吸が、にくらしいほどうまかったのが「下の巻をすぐにも」読みたがった万太郎である。「万太郎における挨拶句」という題で別章を設けてもいいぐらいに無数に残されている句の中から、ほどのよろしき挨拶句を何句か並べてみる。

秋場所の初日、検査役に抗議したる式守伊之助に

正直にものいひて秋ふかきかな　万太郎

耕一応召

親一人子一人蛍光りけり　同

九月二十八日、宮中にて御陪食（三句）

言上すうき世の秋のくさ〴〵を　同

なにゆゑのなみだか知らず鰯雲　同

わがこゝろ水より澄めるあきかぜや　同

「言上《ごんじょう》す」といい「なにゆゑのなみだか知らず」といい「わがこゝろ水より澄める」と

いい、御陪食の栄に感激おくあたわざる作者のよろこびが、そのまま伝わってくる。それでいて全体の印象は、あくまでもさり気ない。

名誉欲、権勢欲が一人倍強くて、死ぬまで肩書の「長」の字が何よりも好きだった万太郎だから、宮中に招かれて有頂天になっているのだろう、というふうに受取る向きもおありかもしれないが、この三句は、明治びとの素直な感情表白であると私は見たい。

近江の人と春を惜しんだ芭蕉の句が、人だけではなく、近江の風光に対する挨拶でもあったように、人物に寄せる感慨だけが挨拶句ではない。昭和二十年八月十五日、日本がいくさに負けたときに、わが空はわが空ならず秋の空、と詠んだのはだれだったか、作者名がいまどうしても思いだせないのだけれど、あれだって立派な挨拶句である。

終戦の挨拶句を二、三ひろってみよう。

詔勅を拝し奉り――小諸にて

秋蟬も鳴き蓑虫も鳴くのみぞ　虚子

敵といふもの今は無し秋の月　同

戦時中、虚子は日本文学報国会の俳句部会長の地位にあった。それがいいとか悪いというのではない。いい悪いをいい出せば、話はもつれてしまう。戦争遂行の国策に協力せざるを得なかった文学者の団体の、部会長に祭り上げられていた虚子だけに、敗戦のショックと感慨はひとしおだったにちがいない、とその心情を想像しながら詠んでみると、この二句、涙の味がする。

二日月神州狭くなりにけり　水巴

「わが空はわが空ならず」に呼応するような句である。あれ、「神州」なんてところがあったっけ、「信州」の誤植じゃないのか、とお若い読者なら首をひねるかもしれない。日本のことを日本が勝手にそう自称していたのだよ。神州不滅、などと戦争中さんざんはっぱをかけられたあげくの果ての負けいくさだったのさ。神州狭くなりにけり、は敗戦国民全員が噛みしめた実感そのものだったのである。作者の渡辺水巴《すいは》は内藤鳴雪の門下生、この句を詠んだちょうど一年後に六十四歳で没している。

——八月十五日、終戦の大詔を拝す

烈日の光と涙降りそゝぐ　草田男

戦前に「明治は遠くなりにけり」と詠嘆した草田男の、これは断腸の一句である。ほとんど聞きとれなかった玉音放送の、はじめて耳にする独特のイントネーションだけが、きらめくような真夏の陽光の中にゆっくりと溶けて流れたことを、私も、子供心にはっきり記憶している。「烈日」の一語が、あの日のすべてを語りつくしているようである。

負けいくさの感慨ばかりでは曲がない。悲しみの対極に位置する挨拶句もご紹介しておく。日清戦争の勝利から六年、日露戦争に先立つこと三年の明治三十四年――ということは西暦一九〇一年の句だが、尾崎紅葉がこう詠んでいる。

1901の新年を迎へて
二十世紀なり列国に御慶申す也　紅葉

さらに十五年後の大正五年、巌谷《いわや》小波《さざなみ》は「寄国祝」という前書きつきで、次の二句を残している。

極東の一等国の初日の出　小波
桜咲く日本に生れ男かな　同

世界の列強に伍して意気天を衝いたあの時代の、要するに雰囲気だけでもっているような句だが、ひたひたと迫る不吉な足音にも気づかず、胸を張ってこういう句を詠めた人は、それはそれで、しあわせな時代人であったなあ、と思う。それからわずか二十九年後に、小波が豪語した極東の「一等国」は、あわれ、四等国以下のみじめな敗戦国に転落し、焦土に蠢《うごめ》くわれら日本人は、十二歳だとマッカーサー元帥に罵倒されても、一言の弁解もできない時代を迎えた。

翌昭和二十一年、新憲法が制定され、主権は民に移行した。戦後三十九年たったいま、〝お仕着せ憲法〟をめぐる論議は、各方面でますます熾烈になっているわけだけれど、あのときには、お仕着せであろうと、あてがいぶちであろうと、押しつけであろうと、被占領国にとって最大の慶事であったことはたしかである。

日本国憲法公布に寄せて

本法を布きて佳節の菊匂ふ　風生

逓信省の高級官吏であった富安風生《とみやすふうせい》だけに、不磨《ふま》の大典《たいてん》といわれた明治憲法のかくもあっけない終焉《しゅうえん》と、主権在民を高らかに謳《うた》った新憲法の誕生に、複雑きわまりない感慨にとらわれたであろうことは、想像にかたくない。「佳節」という一語と「菊」の取り合わせに、なんとなく明治節の尾骶骨《びていこつ》が感じられる。「菊の節句」といえば五節句の一で、重陽《ちょうよう》の節句（九月九日）のことだけれど、明治天皇の誕生日である明治節（十一月三日、現文化の日）についても、菊の佳節というようなことをいわなかったかしら。

「本法を布《し》きて」という言い方も、すなおといえばすなおだけれど、すなお、ということは、はっきりいえば工夫がないということであって、前書きで「日本国憲法公布に寄せて」とはっきり示しているのだから、その上「本法を布きて」は、つきすぎだ、と私は思う。

人さまの句については、えらそうなことがいくらだっていえる。それより、おまえの句を見せてみろ、といわれても困る。新憲法公布、講和条約発効、皇太子ご成婚、沖縄返還……といった国をあげての慶事はいろいろあったけれど、一句でも二句でもましな句が私にあるようなら、私のことだもの、とくとくとして、とっくに披露しているにきまっているではないか。

10 人の悼み方――挨拶句（二）

私が所属している「東京やなぎ句会」が、あれだけあくの強い顔ぶれで十五年も続いているのは、さまざまな、そうして、それなりに一応もっともな理由があるのだけれども、もっとも有力な理由ひとつにしぼれ、ということになったら、話はわりに簡単である。一年でも早く、一と月でも早く、一日でも早く、句友の追悼句を詠みたいという全員共通の願望が、句会存続の原動力になっているのではないかと想像する。

べつに句会が続いていなくたって、追悼句なら、詠もうと思えば詠めるはずだ、その日は必ずやってくるのだから、Xデーを、ただ待ってればいいじゃないか、というのは失礼ながら一知半解の考え方である。こういうことがらは、はなはだ微妙なものであって、そんなふうにあっさり割り切ってしまっては、妙味が半減する。

自分だけ句会を脱退するとか、句会が四分五裂するとか、空中分解するとか、そういう事態は、要するに喧嘩別れを意味するわけで、そのあとでせっかくのXデーがやってきても、喧嘩相手の追悼句を詠む気になれるものか、なれないものか、そのときになってみなければわからない。やっぱり詠む以上は、和気藹々《あいあい》、心を許した句友づきあいが続いているあいだに、涙ながらに手向《た》けの句を捧げたいじゃないか。

人間、だれの思いも同じだとみえて、句会発足後二年もしないうちに、あーあ、早くだれかの追悼句を作りたいねえ、という呟きが、だれかれの口にのぼるようになって、そのたびにみんなで屈託なく笑い合うのが常であったのに、十五年たったいまでは、そのジョークがジョークになりにくくなってきた。最初に追悼句を詠まれるのはだれだろう、とだれか一人がいいだすと、一同が無言のまま、最年長——といってもたかがしれた年齢差なのだが、とにかくいちばん年嵩《かさ》の同人某の顔に、いっせいに視線を送るのである。はじかれたように某が叫ぶ。

「わいとちゃう、わいとちゃう」

「東京」と頭に冠しているやなぎ句会に、縁あって大阪生れの大阪育ちが二人いる。わいとちゃう、の主《ぬし》が、二人のうちのどっちなのか、あえて名前を秘したのは、句友としての惻隠《そくいん》の情のあらわれであるけれど、すでにご紹介ずみの会員名簿（第一章）で、読者が見当をつけるのは自由である。

問題はそのあとであって、必死の形相と物言いで、わいとちゃう、わいとちゃう、と某が連呼すると、とたんにみんなの視線が、一転、小生の顔に注がれるのだからタマリマセン。お断りしておくが、年齢順でいえば私は下から三番目の、これでもヤングなのである。ただし、同年生れが三人いるけれど。にもかかわらず、なぜ私に、やつらの視線が集中するのかというと、句会がはじまってから今日までのあいだに、痔の手術で入院したり、胃潰瘍の手術で入院したり、重度のギックリ腰で二度も身動きができなくなったり、わりに頻繁かつ派手に医者のご厄介になっているのが私だし、句会の吟行で、ちょっと強行軍になると、まっさきにへばって弱音を吐くのも私なので、追悼句の二番手候補は当然滋酔郎だ、と言わず語らずのうちにみんなが考えていることぐらい、こっちは先刻承知である。

私が胃潰瘍ならびに十二指腸潰瘍の手術で入院したのは、七年前の暑い盛りのときだったが、七年たって再発もせずにこうやってぴんぴん――とまではいわないまでも、こうやってのそのそしているということは、幸いなことに、潰瘍の「カ」の字はついたけれど、「が」の字ではなかったわけで、手ぐすねひいて追悼句のチャンスを狙っていた句友たちには、お生憎さま、というしかない。

あのとき、手術を終えて、鼻といわず口といわず腹といわず全身管だらけになって、人が呻吟していたちょうどそのころ、その月の句会が開かれて、席題の一つに「滋酔郎を見舞う当季雑」というのが出たんだそうである。なんとうるわしい友情であることよ、と感心するのは買いかぶりというもので、一刻も早く句友の追悼句を詠みたがっているやつらにとっては、いうなれば予行演習なのである。俳句と遊ぶこつはまじめに詠むことだ、と再三述べてきたのはここいらのことであって、肚《はら》と句は別物ということにみんな徹しているので、あたかも本気で心配しているような句が出揃って、こんな寄せ書きが病床に届いた。

友病めば吾もまた迷う野分雲　変哲
病中の人に秋灯ともりけり　尊鬼
腹を切る友あり八月十五日　六丁目
することもなく病む人や星月夜　徳三郎
能文の君床に臥すかや秋憂ふ　阿吽
入院の朋友《とも》もありたりみみず鳴く　道頓

くそ、追悼句の予行演習だと思って、寄ってたかってたのしんでやがる、と思うけれども、病床にこういう句が届けられると、いまいましいことに、たいそううれしくて、あれはやっぱり、何にもまさるお見舞いであった。お見舞いを忝《かたじけの》うしておきながら、こんなことをいうのは罰があたるけれど、どいつもこいつも、やれ「病む」だの「入院す」だの「腹を切る」だの、それはまあそのとおりにはちがいないが、病人相手の挨拶句としては、少々なまなましすぎやしないか。挨拶句のこつはつきすぎないことだ、と何度いえばわかるんだ。そこへいくと、われらが宗匠光石の句は、さすがであった。

夏萩のひとつはなれて咲きにけり　光石

十七文字のどこにも、「友」だの「病気」だの「入院」だの「手術」だの、そういう直《ちょく》截《せつ》な語はいっさい使われていない。それでいて、受取り人である病人が読めば、あたたかいメッセージが、はっきり伝わってくる。独立した句として第三者に示せば、それはそれで趣をたたえた佳句になっている。前書きに、胃ヲ摘出セル滋酔郎ヲ見舞フ、とでもつければ、たちまち洒落た挨拶句としての姿が前面にあらわれて、事情を知らない第三者でも素直に鑑賞できる二重《ダブル・スタンダード》の仕掛けが、この句の値打なのである。だいいち、夏萩のひとつはなれて、なぞは実にきれいだし、風流風雅そのものではないか。夏萩の……いいかね、諸君、私は「夏萩」なのでありますよ。ふん、笑わせちゃいけない、そんなむさくるしい夏萩があってたまるものか、とおっしゃるか？　しからば借問す。和製ベーブの異名をとった〝生涯一捕手〟が何といったか。

「長島茂雄はプロ野球のひまわり、わたしは日陰の月見草だ」

あの野村克也が「月見草」、滋酔郎が「夏萩」で、どこがおかしい。

話が逸れた。病人を見舞う句は、前章『挨拶句（一）』に属するわけで、いまは追悼句の話である。句会の席で「追悼句」という言葉がとびだすと、最年長会員の顔に続いて、私の顔にみんなの視線が期せずして集中するという話の途中だった。

舌なめずりしているような彼らの視線が、ぐさりと突き刺さる。あの目つきに、おぼえがある。はて、なんだったかな、と考えているうちに思いだした。あれは、ヘンゼルとグレーテルのふとりぐあいをたしかめる魔法使いのばあさんの目である。ねばりつくような視線に期待感があふれている。それほどみんな追悼句を詠みたくて、うずうずしているのである。

何も句友だけに犠牲者を求めなくても、この年になれば、有縁《うえん》の訃報に接することはしょっちゅうなのだから、追悼句を詠む機会にはこと欠かないわけだが、同じ俳句仲間の追悼句というところにえもいわれぬ妙味があるのであって、だからこそ、おたがいに虎視眈々《たんたん》と手ぐすねをひいているというだけのことで、ほかのみなさんについても同じことを考えているわけでは決してないから、念のため。

『挨拶句（一）』でご紹介した「津山冷ゆ石の三鬼に会ひに来て」（誓子）は、追想、追憶の句ではあっても、追悼句ではない。肉親、恩師、友人その他心を許した人の訃報至った瞬間の驚愕、日がたつにつれて湧いてくる哀惜の情、そういった心の動きを一句に託すのが、ここでいう追悼句である。

諸家の俳句の中から追悼句だけを拾っていったら、それだけで一冊の本が編めてしまうぐらいだが、世上もっとも名高いのは、次の一句だろう。

床の中で楠緒子さんの為に手向けの句を作る

有る程の菊抛げ入れよ棺の中　　漱石

前書きの「楠緒子《なおこ》さん」なる女性は、友人大塚保治の夫人で、同時に漱石の女弟子で、かつひそかなる意中の人であったと伝えられている。「有る程の」から「菊抛《な》げ入れよ」までのたたみかけるような詠み口に、漱石の悲嘆の大きさが感じられる。その訃がもたらされる四日前に、漱石自身も生死の境をさまよった修善寺から帰京して、日比谷の胃腸病院で大患後のからだを病床に横たえていたのだから、「死」はわが身のことでもあった。〝修善寺大患〟という呼び方でよく知られているこの時期は明治四十三年のことだけれど、それより八年前の明治三十五年に、盟友子規の訃報を、漱石がロンドンで受取っていることはすでに述べた。三年間の英国留学を終えて、帰国の途につこうとしていた矢先の訃報であった。

倫敦にて子規の訃を聞いて

筒袖や秋の柩《ひつぎ》にしたがはず　　漱石

手向くべき線香もなくて暮の秋　　同

旅先で訃報に接したときの驚愕と、すぐに駈けつけられないもどかしさは、経験してみないとわかるまい。私も二度経験している。大雪の札幌で桂文楽の死を、新緑の熊本で内田百閒の死を、ホテル自室のドアの下に差し込まれている新聞で知った。いてもたってもいられなくて、せまい部屋じゅうを熊のようにぐるぐる歩き回ったことを覚えている。ましてや、海外で受取る訃報となったらなおのことだろう。漱石のこの二句には焦燥感が滲み出ている。

蛇足ながら、「暮の秋」というのは俳句独特の語法であって、「秋の暮」とははっきり使い分けている。前者は秋の終りのことであって、「晩秋」と同義語である。後者は秋の夕方をさす。子規の死は九月十九日のことだから、晩秋というには少々早すぎるようだが、当時の通信手段を考えれば、その訃報がはるばる英京ロンドンにもたらされるまでに、かなりの日数を要したのかもしれないし、それでなくてもロンドンの秋の早さを考えれば、「暮の秋」は漱石の実感だったのだろう。

話はますますさかのぼるけれど、その子規も、外地で訃報に接した体験を持っている。明治二十八年三月、日清戦争の従軍記者として大連に向かった子規は、翌四月の下旬、従弟の死を報じる碧梧桐からの便りを金州で受取っている。従弟といっても、単に血縁というだけの人物ではない。「古白」の俳号で明治新俳句の先蹤《せんしょう》といわれた藤野潔のことで、俳句革新を目指す子規の、本来なら片腕となるべき盟友でもあった。こんな句を詠んでいる。

今朝見れば淋しかりし夜の間の一葉かな　古白

月並み俳句の横行にたまりかねた子規が俳句革新を唱えるよりずっと以前に、こういう新しい調子の句を詠んだ古白は、わずか二十五歳の若さで生を終えたのだが、その死は、実は自殺であった。

春や昔古白と云へる男あり　子規

盟友の死を『陣中日記』の中でこう悼んだ子規は、帰国の船中で大喀血に見舞われている。肺病は当時、死に直結する病《やまい》であった。だからこそ、古白の墓前で、子規は再度こう詠んだ。

我死なで汝生きもせで秋の風　同

それから七年後の明治三十五年九月十九日、子規は古白のあとを追った。享年三十六。古白より十年長らえたとはいえ、夭折《ようせつ》もいいところである。

門下生高浜虚子の追悼句。

前日より枕頭にあり、碧梧桐、鼠骨にその死を報ずべく門を出づれば陰暦十七日の月明かなり

子規逝くや十七日の月明に　　虚子

客観的な事実だけで成り立っている句だが、淡々とした表現の裡《うち》に深い悲しみがたたえられている。「子規逝くや」の「や」に万感を封じ込めて、とり乱したところがない。重い重い切れ字である。

古白と同様、みずから命を絶った芥川龍之介の死に際しても、さまざまな人がさまざまな手向けの句を寄せている。

悼澄江堂

新竹のそよぎも聴きてねむりしか　　犀星

芥川龍之介墓前

夏草に雨ふりそそぐけしきかな　　政二郎

前句は室生《むろう》犀星《さいせい》、あとの句は小島政二郎、いずれも俳句を媒介とする芥川の親友である。さすがに露骨な感情表白をおさえ、すっきりとした追悼句にしたてている。

人の死を悼むのに、すっきりとした、とか、かたちがいいとか悪いとか、そういうことを評価の基準にするのは的はずれだという議論も成り立つかもしれないが、悼む心は心と

して、句として残す以上は、すっきりしないよりすっきりしたほうがいいし、かたちが悪い句よりもいい句のほうがいい。故人の名前を無造作に詠み込んだり、「棺」だの「死」だの「かなし」だの、そういう安易な言葉を無計算に用いると、えてして失敗しがちである。もっとも警戒すべきは、「天国」だの「極楽」だの「蓮の台《うてな》」といった出来合いの連想にもたれかかることである。詩人佐藤惣之助(俳号酔花、昭和十七年五月没)の死を悼んで、俳句の師にあたる佐藤紅緑《こうろく》が次の句を詠んでいる。

酔花を悼みて

極楽の蓮の茶店で待って居れ　紅緑

いかにも熱血小説『ああ玉杯に花うけて』の作者が詠みそうな、一種豪快な味をたたえた句ではあるけれど、「極楽」ときて「蓮の茶店」ときては、かんべんしてくださいといいたくなってくる。死イコール極楽イコール蓮という発想が陳腐にすぎるのである。

挨拶句の中でも、とくに追悼句の場合は、なまの感情が噴出しやすい。訃報に接した時点で、たとえ一応の句が成ったとしても、日をおいて推敲してみるとか、改めて作ってみるとか、慎重の上にも慎重にかまえたほうがいい。その際、いちばん気をつけなければいけないことは、イメージのつきすぎである。つきすぎを避けるためにも、言葉は惜しみ惜しみ使う必要がある。亡き人の名前を一句中に入れたいときには、言葉のいっそうの吟味が求められる。故人の名前が出てくるだけでも強烈な視覚的効果が生じるものなのだから、ほかの言葉はできるだけおさえたいものでありたい。でも、なろうことなら、故人の名前を出さないで、しみじみその人を悼む句を作れたら、もっといい。

歌人吉井勇に、こんな追悼句がある。

目刺焼いて馬楽をおもふ涙かな　　勇

不遇の落語家蝶花楼馬楽《ちょうかろうばらく》との交遊を「かかる日のいづれに来たらむ身なるべし馬楽狂はば狂ふまにまに」「春来《く》ともうつくしき夜のつづくとも馬楽酔はずは世はも寂しき」といった一連の短歌に託している歌人の感情が、そのまま流出しているような句である。短歌だったらそれでいいのだろうが、俳句となると、「馬楽をおもふ」という中心の語がどうもひっかかる。「目刺焼いて」という出だしに、「馬楽をおもふ」はつきすぎのきらいがあるし、さらに駄目押しのように「涙かな」でとめるのは、ひと言でいえばくどい。どうしても目刺に馬楽を結びつけたいのであれば、「酒買うて馬楽の好きな目刺焼く」あたりでどうだろう。これだって決していいとは思わないが、原句より多少はあっさりしたはずである。いちばんいいのは、馬楽の名は前書きだけにとどめて、たとえば〈悼馬楽〉「七輪のふちは欠けたり目刺焼く」というような調子にすれば、趣はぐっと変ってくる。故人を悼む心を、句の水面下に沈潜させる作業が、追悼句のこつである。

そのテクニックが抜群にうまかったのが万太郎である。またしても万太郎で恐縮だけれど、なにしろ「挨拶句の万太郎」なのだからやむを得ない。実際、追悼句の佳什《かじゅう》が目白押しなのである。

昭和十四年九月七日午後二時四十分、泉鏡花先生逝去せらる

番町の銀杏の残暑わすれめや　　万太郎

高岡宣之、交通事故にて不慮の死を遂ぐ

正直の後手《ごて》に〳〵と寒きかな　　同

菊池寛、逝く……告別式にて

花にまだ間《ま》のある雨に濡れにけり　　同

師と仰ぐ人物や親交の深かった知己の死を悼んで、しかもさりげない。それぞれに工夫がこらされている。

文化勲章受章、芸術院会員、従三位勲一等と一世の福禄寿を手中におさめて、世俗的には頂点をきわめた万太郎だったが、私生活は不幸の連続といっていいほど恵まれなかった。仏教のほうでは、生・病・老・死・愛別離を人生の「五苦」というんだそうだが、万太郎の一生は、文字どおり愛別離の連続であった。

昭和十年十一月十六日、妻死去

来《く》る花も来る花も菊のみぞれつつ　　同

最初の夫人と死別した際の手向けの句だが、その死は服毒死であった。万太郎の乱脈な女性関係が一因だったともいわれている。長いやもめ暮しを続けたあと、二度目の妻を迎えたのは、昭和二十一年、五十七歳のときだったが、大審院部長判事三宅正太郎夫妻の媒酌で娶《めと》った二十四歳年下のこの女性との結婚生活は、万太郎にとって地獄であったらしい。〈我家にあれば〉という前書きつきで「うとましや声高妻《こわだかづま》も梅雨寒も」などという悪妻罵倒の句をいくつも詠んでいる。最初の妻との間にもうけた長男耕一の応召に際して「親一人子一人蛍光りけり」と惜別の句を詠んでいることはすでに述べたが、その耕一にも、万太郎は先立たれている。病名は肺結核。三十七歳の若さであった。昭和三十二年、万太郎六十八歳の時である。

二月二十日、耕一、死去

春の雪待てど格子のあかずけり　　同

耕一、百ケ日

尋《と》めゆけどゆけどせんなし五月闇　　同

愛息の初七日をすませた翌日、万太郎は着のみ着のままの姿で、十年連れ添った第二の妻との家庭を捨て、赤坂の愛人宅に身を寄せた。かつて吉原の名妓とうたわれた五十七歳になるこの女性との同棲生活が、万太郎にとっては最後の、しかも、たぶん生れてはじめての安息の日々であったにちがいない。そうして、その最後の女性にまで、万太郎は先立たれているのである。

一子の死をめぐりて

たましひの抜けしとはこれ、寒さかな　同
死んでゆくものうらやまし冬ごもり　同

「うらやまし」と詠んだ万太郎が、不測の事故で急逝したのは、それから半年後であった。

悼久保田万太郎　二句

春泥にゆだねて君を忘れめや　春夫
合掌す緑窓傘雨大居士に　同

「食餌誤嚥」という思いもよらぬ死に方で逝《ゆ》いた万太郎を悼んでこう詠んだのは、永井荷風教室の同窓で、慶応義塾と文化勲章両方の先輩である佐藤春夫だが、その春夫もまた、自宅でNHKラジオの録音中に倒れ、そのまま急逝したのが奇しくも万太郎一周忌の朝であった。

俳誌『春燈』を主宰し、文壇諸名家を集めた「いとう句会」で長年作句の指導にあたりながら、しかもなお「どこまでもわたくしは、小説家であり、戯曲家であり、新劇運動従事者である。そしてわたくしの俳句は、わたくしといふ小説家の、戯曲家の、新劇運動従事者の余技でしかない」と、いやになるほど繰返し強調し、つねづね「俳句は浮かぶもの」とうそぶいていた万太郎のことだから、愛する者たちの死に直面してさえ、ほとんど反射的に、苦もなく、すっと、ほんとに「浮かぶ」のか、それとも、追悼句でも作らなければ悲しみにうちひしがれてしまいそうで、いてもたってもいられなかったのか、そのへんの心の襞《ひだ》をのぞくすべはないけれど、次から次へと相ついだ人生の凶事のたびに、これだけかたちのいい句を、とにかく詠めるというところに脱帽せざるを得ない。よほど神経がタフなのか、よほど神経が繊細なのか、どっちかにちがいない。

挨拶句のこつがつかずはなれずにあることは、前章で何度も述べたとおりだが、とりわけ追悼句にあっては、一歩さがった視座で詠むことが望まれる。深い悲しみや哀惜の情をいったん濾過《ろか》して、その人の生と死を、ある程度客観的に見つめることも、薄情なようだが大事なことである。そのためにも、一時の激情にかられて詠むより、多少の日数をおいて詠んだほうが、句としての出来栄えがいいようである。

とはいうものの、真に愛する人、大切な人、かけがえのない人を失ったときには、句の出来栄えだなんて、そんなことはいっていられない。

談林派の総師西山宗因の門下で、のちに談林風から脱して蕉風に向かった西山来山《らいざん》が、こんな句を残している。

愛子をうしなふて

春の夢気の違はぬが恨めしい　来山

悲しさ極まって、ついつい談林調が口からこぼれた、というような詠み口で、句としての出来栄えということになったら、お世辞にもいいとはいえない句だが、私は、この句、好きである。好きというより、感動する。わが子に先立たれるという人生最大の不幸に遭遇して、これほどの悲しみに耐えなければならないのなら、いっそ発狂したほうが、どんなにらくだろう、にもかかわらず、これ、このとおり正気でいるところが人間のかなしさだ。わが脳よ、なぜ破壊されないのだ、天よ、われに狂気を与えたまえ、と叫んでいるこの句は、親ごころの極致である。

大きすぎる悲しみの前には、句のよしあしなぞ吹っとんでしまうのが人情というものである。同じ人間の死にランクをつけるようで、はなはだ申訳ないけれど、悲しみの深さで、骨肉を除いて最上位にランクされる死に直面する機会は、長い人生の中でも、せいぜい二度か三度ぐらいしかないのではないだろうか。そのときには号泣すればいい。

四月二十日内田百閒先生長逝

夜桜や先生は死にき師は死にき　古郷

生涯の恩人を失った作者の慟哭が、読む者の胸に惻々《そくそく》と迫る。あえて敬語的語法を避けて、死にき、死にきと繰返しているところに、作者の身も世もない悲しみと愛情が感じられる。

「内田先生はねえ、江國さん……」

村山古郷氏とのおつきあいは、百閒先生のお通夜の席に端を発しているのだから、思えばもう十三年になんなんとする。「ははァははァ母《はは》ァの十三年」という言葉があるけれど、この十三年のあいだに、百閒先生にまつわる思い出やエピソードを村山さんからどれぐらい伺ったかわからない。そうして、村山さんのその口から、「百閒先生」とか「百閒」という言葉を、私はただの一度も聞いたことがない。いついかなる場合にも「内田先生」である。それというのも、百閒先生は、他人から雅号で呼ばれることが大嫌いで、気やすく百閒だの百鬼園だのと呼んでくれるな、と親しい人には漏らしておられたらしい。百閒邸御用達《たし》の鰻《うなぎ》屋だったか魚屋だったかが、出前の注文を受けた電話口で、百閒さんとこに何人分と口走ったことがご本尊の耳に入って、烈火のごとく激怒されたという話も仄聞《そくぶん》する。

「内田先生はねえ、京都から出てきたばかりの貧乏なわたくしを可愛がってくれて、学資まで出して下さったのです。もっとも、先生が出して下さった学資や小遣いを、貸せといわれることもよくあって、そういうときにはよろこんでご用立てしたものです。もちろん内田先生は耳をそろえて、本来自分のお金で成り立っている借財をきちんと清算なさったですねえ。わたくしにとって、内田先生は、文字どおり生涯の恩人なのです」

うっすらと涙ぐみながらこの話をするときの村山さんの表情には、けだし、尽忠《じんちゅう》の君子という趣がある。

追悼句に感情過多は禁物であり、俳句の中で作者が泣いてはいけない、というのはあくまでも原則であって、村山さんのこの句のように、慟哭もここまで純度が高ければ、原則なんかくそくらえである。

身贔屓《みびいき》でいうわけではないのだけれど、先生は死にき師は死にきという村山さんの句は、追悼句の傑作であると私は考えている。

結局、追悼句というのは、悲しみを濾過して身仕舞いをつくろうか、純粋に号泣するか、二つに一つだと思う。どっちつかずの作り方がいちばんいけない。

私も人並みに数多くの死に直面してきたが、追悼句らしい追悼句はほとんど作っていない。十年前におやじとおふくろを続けさまに見送ったときには、いうにいえない諸般の事情がもつれるだけもつれていたこともあって、追悼句どころではなかったし、ひそかに心の師と仰いでいた辰野隆《たつのゆたか》先生の訃報に接したときにも、ただ茫然《ぼうぜん》とするだけで、句を詠もうという気にはなれなかった。

落語家の中でいちばん親しくしていた八代目桂文楽の葬儀で、私は生れてはじめて弔辞というものを読んだ。名人文楽の弔辞を読む光栄におののきながら、ほとんど夜を徹して書いたあの文章は、いまでも諳《そら》でいえるぐらいの、自分でいうのもおこがましいが、彫《ちょう》心鏤骨《しんるこつ》の自信作だとうぬぼれているのだけれど、追悼の一句を添えることはできなかった。思いがあふれて、句にならないのである。

みずから〝信者〟をもって任じているほど、あれだけ傾倒した百閒先生が亡くなったときも同様で、いますぐには追悼句なぞとても詠めっこないが、でもいつの日にか、しみじみとしたいい句が詠めるのではないかと思ったりもしたのだけれど、思うばかりで作れないまま今日に及んでいる。

訃報というものは、えてして相つぐものである。五年前の昭和五十四年九月、あのときはそれが極端だった。パンダの蘭蘭《ランラン》がおかくれあそばして、社会面のトップにその死がでかでかと報じられている下に、「三遊亭円生急死」の見出しと写真が、でもまあしかるべき大きさで載っていたのだから、忘れもしない、あれは九月四日付の紙面であった。千葉県習志野市の独演会で小咄を一席演じた直後に楽屋で倒れ、救急車で病院に運ばれた円生さんが、たったいま息を引き取った、ついては何かひとことといえ、と新聞社から電話がかかってきたのが、前夜三日の九時ごろだった。二十五年に及んだ三遊亭円生とのつきあいのあれこれが浮かんだり消えたりして、コメントがまとまらなかったことが、ついきのうのことのようである。

その円生急死の報を皮切りに、親しい人の訃が、文字どおりたて続けにもたらされた。九月十月の二か月で、結局何人の訃報に接したのか、すぐには思いだせないぐらいである。その中には「やなぎ句会」の句友桂米朝の母堂の訃もあったし、学生時代の親友の訃も入っている。むかし私が編集者をしていたときに、部署はちがうが上司だった先輩編集者の訃報も届いた。ふだん往き来のない親戚二軒で不幸があった。PTA会長をおおせつかっていた娘の高校で、娘が心酔していた若い女性教師が急死し、同級生が飛び降り自殺した。そうした身近な訃報とは別に、面識こそないけれど、ああ、あの人が、と感慨にとらわれるような人の死亡記事が、三日おきぐらいに新聞に出ていた。こんなに早く亡くなるとは夢にも思わず、ことあるごとに、あんなものは芸でも何でもない、と悪口ばかりいっていた手品師伊藤一葉が四十五歳で亡くなったし、水谷八重子も亡くなった。椎名某という政治家の訃報も、たしかこの月のことだったと思う。秋だというのに天候不順の毎日で、冷たい雨がびしょびしょ降りつづいていたことをはっきり覚えている。その雨の中をお通夜にいったり、お悔みの手紙を書いたり、弔電を打ったり、献花の手配をしたり、亡き人それぞれの面影を偲《しの》んだりしているうちに、ふっと句が浮かんだ。

このところ訃報つづきの雨つづき

菊の雨浄土に染《し》みてしまひさう　　滋酔郎

複数の死を一括して悼むとは、十把ひとからげもいいところで無礼きわまりない、と仏のみなさんに叱られたら、ごめんなさい、と許しを乞うしかないし、謝るのにやぶさかではないのだけれど、この句、自分では気に入っている。

雨つづきだった五年前の九月が、いまだに忘れられない。あんなに訃報が相つぐなんて、いくら何でもそうそうあることではないだろうが、人間五十の声を聞いたら、訃報はつづくものだ、と思い定めておいたほうがよさそうである。それどころか、わが身が訃報をもたらす立場に、いつなるかもしれないのである。

そんなことをあれこれ考えたりするのは、まだまだ未熟の証拠であって、六十、七十の声を聞くころには、訃報の連鎖なんて当り前すぎて、いちいち驚いたり、嘆いたり、感慨にふけったりしていられるもんかという心境に、ひとりでになるのかもしれない。そうして、そのあたりから、ことによると追悼句が飛躍的にうまくなるのかもしれない。場数を踏むということもさることながら、年をとって感受性が鈍麻するにつれて、悲しみの質が変化することも十分考えられる。だとすれば、若いときほどには感情におぼれることなく追悼句を詠める心理もしくは生理状態になっても不思議はない。

もっといいにくいことをいえば、七十、八十まで生き長らえた場合、つぎつぎにもたらされる友人知己――それもおおむね年下に限られてくるわけだが、友人知己の訃報に接するたびに、ほう、あいつも死んだか、こいつも死んだか、じゃが、わしゃ生きとるぞ、という優越感が無意識のうちに働くことで、かえってふっ切れた追悼句ができたりするのではないだろうか。こういうことは、いってはいけないことである。心では思っても、口に出してしまったらミもフタもない話になってしまうわけだけれど、人間、最後にはそういう心理状態に近づくのではないかしらん。

そんなえげつない心根とひきかえに追悼句がうまくなったって、なんにもならない。やっぱり悲しみの素直な表白こそ追悼句の第一義である。それと同時に、何度も繰返すが、感情をなまに露呈させないこと。相反するこの二つの要素を、どう調和させるか。追悼句のすべてはそこにかかっている。これはかなり困難な作業であって、そのためにも、訓練というものは必要である。

いい方法がある。

新聞をひろげると、朝に夕に知名人の訃報が必ず載っている。知名人といってもさまざまで、一面左下のあたりに三段抜きぐらいの扱いで格調高く報じられる人もいれば、社会面のトップで盛大に報じられる人もいる。そういう扱いは大政治家やスーパースターに限るわけで、物故者の大部分は、一人十行前後の死亡欄に、黒い罫《けい》つきで横並びに報じられるのがふつうである。知名の人も多いし、ときには直接存じ上げているお名前も載ったりするけれど、多くは、見も知らぬ、はっきりいってあかの他人である。それだけに、感情におぼれたり押し流されたりすることなしに、冷静な態度で追悼句が詠めるはずである。たとえば、何山何男氏、肺癌のため死去、享年六十二歳、どこそこ国立大学法学部教授、何々の分野で活躍し……などという概略を読めば、漠然とその人物の輪郭がわかる。それだけを手掛りに追悼句を作ってみるのである。

作るからには、あかの他人といえども、誠実に悼む心がなければいけないことはもちろんである。袖すり合うも多生の縁、新聞で拝見したので一句手向《たむ》けさせていただきます、という謙虚かつ真摯な気持で作句にあたらなくてはいけない。

試みに、手許に散らかっている昨日今日の新聞をひらいてみる、さしさわりがあってはいけないので、お名前はイニシャルを使わせていただくが、記事は原文どおりである。

S・N氏（北里大医学部教授、生物、物理、化学専攻）二十三日午前六時四十五分、肝がんのため神奈川県相模原市の北里大学病院で死去、四十九歳。（略）フラビン酵素研究の権威。

これだけの記事で、まったく存じ上げないS・N氏のすべてに、まず思いをはせるのである。すべて、といったらすべてで、風丰《ふうぼう》から服装から性格まで、たぶんこうもあろうかという肖像を心でえがきながら考える。最大の手掛りは「フラビン酵素研究の権威」という一行だが、フラビン酵素ってなんだ？　そんなもの知るわけがない。そうなると、四十九歳というあまりにも若い年齢が、むしろポイントかもしれない。もう一つ、専攻科目に「生物、物理、化学」とあるのは、三分野にまたがったすごい頭脳の主であったことを暗示しているようである。以上のようなことを勘案して、そこに、いまの季節を加味することで、一句に仕立てようというのである。

S・N教授ノ夭折ヲ悼ミテ

煖炉の火消えて洋書の匂ひかな　　滋酔郎

どれほど誠実かつ真摯な態度で詠もうが、やっている行為自体は遊びの延長線上にあるわけだから、故S・N教授のご遺族がこれをお読みになったら、神経を逆なでされるような不快の念にとらわれるかもしれないが、成りたる句がほんとうにいい句であったら、あ、よく詠んでくれた、とおっしゃって下さるかもしれない。句のよしあしにかかわらず、見も知らぬ人間の死を稽古台にするとはなにごとだ、生者の傲慢以外の何物でもない、とお年寄りなら激怒なさるかもしれない。激怒されても仕方がないほどの、つまり、これは不謹慎な行為であって、だからこそ、心の底から悼まなくてはいけないのである。

M・T氏（洋画家、無所属）二十三日午前三時五十五分、呼吸不全のため横浜市戸塚区の大船共済病院で死去、六十七歳。（略）帆船など海洋関係の絵で有名。

「無所属」という文字が目に入ったので、一瞬、政治家なのかと思ったけれど、読めば高名な画家であるらしい。存じ上げなかったのは私の不明である。どんなタッチの、どんな色調の絵であったのか、それがわかれば句の焦点になるところだが、この記事だけではわからない。帆船の絵で知られるということだから、それを唯一の手掛りにとにかく作ってみる。

悼M・T画伯、帆船を描いてみごとなりき

ようそろの声ちぎれしか寒の海　　同

「ようそろ」は昔の海軍用語で「宜候」（よろしくそうろう）の意味である。句の成り立ちも含めて詳細については後述する。

K・Iさん（昆布のしにせ、小倉屋社長）二十五日午前十時九分、心不全のため、大阪市の住友病院で死去、七十三歳。葬儀・告別式は、社葬として……。

上方、しにせ、ごりょんさん、昆布という断片をつなぎ合わせれば、あるイメージは結ぶのではないか。

小倉屋なる老舗の女あるじを悼む

酢こんぶに噎《む》せてしまひぬ秋扇　　同

以上三句、出来不出来はべつとして、悼む心が多少とも伝わるようであれば、亡きお三方も許して下さるのではないか、と勝手なことを考える。

三句の形成過程については、第十五章『わたしのノウハウ』で、くわしく述べるつもりである。この項だけでほうり出さずに、そっちもぜひ、できればいますぐ併せてお読みいただきたい。ただし、初心者に限る。なぜ初心者に限定するのか、という理由についても、一九四ページ以下をお読みいただければわかります。

いま配達された夕刊をひらいたら、次のお名前が目にとびこんできた。

リリアン・カーターさん（カーター前米大統領の母堂）三十日午後（日本時間三十一日午前）、入院先の米ジョージア州アメリヤス・サムター病院でガンのため死去。八十五歳。

オットー・メスマー氏（米漫画家）二十八日ニュージャージー州ニューアークで心臓発作のため死去。九十一歳。「ポパイ」の共同製作者として知られる。

このお二人のほうが、さっきのお三方より、むしろ心理的距離は近い。結びつくイメージが何かあるはずである。しかも、八十五歳と九十一歳の訃報であり、日本の習慣に従えば「おめでとう」といってもいいお年なのだから、同じ追悼句でも詠むほうにしたら、プレッシャーが軽い。

ポパイ・ザ・セイラーマン、の歌とともに脳裡に
焼きつきたる「ポパイ」の漫画家オットー・メス
マー氏なる九十一翁を悼みて

二の腕の錨《いかり》は秋の風のなか　滋酔郎

ポパイのトレードマークである錨の入れ墨が秋の風になぶられている。筋骨隆々のたくましさを誇っていた二の腕も、いつしかしなびてみえる。気のせいか、入れ墨の錨まで、ひとまわり小さくなったようだ、というような思いを託した。はじめは「ホウレン草」で詠もうと思ったのだが、歳時記であたってみたら、「春」の部に入っていたので、使えなかった。

追悼句の話は、これでおしまい。

でも、この章はまだ続けたい。

追悼句に隣接するものに、忌日の句がある。歳時記の〈人事〉のうしろにずらりと並んでいる「なになに忌」というあれである。代表的なものをいくつかひろってみる。

芭蕉忌（翁《おきな》忌、桃青忌、時雨《しぐれ》忌ともいう）＝十月十二日。
一茶忌＝十一月十九日。
三鬼忌（西東忌）＝四月一日。
虚子忌（椿寿《ちんじゅ》忌）＝四月八日。

去来忌＝九月十日。

蛇笏忌（山廬《さんろ》忌）＝十月三日。

有名俳人の忌日を手当り次第にひろってみただけで、これはほんの一部にすぎない。季題として歳時記に登録されているのは、当然のことながら、俳人、歌人、詩人の忌日が圧倒的に多いわけだが、「日蓮忌」「弘法忌」「利休忌」「実朝忌」といった歴史上の人物から、「露伴忌」（蝸牛《かぎゅう》忌）「一葉忌」「横光忌」（利一忌）などの有名作家、さらには、当人はまったくといっていいほど俳句を作らなかったのに、知的ミーハー族による法事と化したかの感がある「桜桃忌」（太宰忌）に至るまで、実にさまざまな人物の命日が、季題として定着している。歳時記には載っていなくても、日本人ならだれもが知っていて、しかもイメージが共通しているような著名人の忌日だったら、季題として一句に詠み込んでもかまわないと思う。たとえば「吉田茂忌」（十月二十日）というのはどの歳時記にも季寄せにも入っていないけれど、よかれ悪しかれ、戦後の日本を方向づけた大政治家であったのだし、宰相時代の人をくった言動には、俳味に通うユーモラスな人間味がつきまとっていたし、句になる人物だと考える。「ワンマン忌」はふざけすぎだとしても、「白足袋忌」などは悪くない。

忌日の句は、詠むほうがなまなましい感情にとらわれなくてすむからいい。そこが追悼句との大きなちがいである。「芭蕉忌」といわれて、いまさら涙ぐむやつはいない。あれ

2023
4
中公文庫　新刊案内

任侠シネマ

今野敏

人情味溢れる昔ながらのヤクザ、阿岐本組の親分には一風変わった相談がいつも持ちかけられる。今度は、潰れかけている映画館を救え!?〈解説〉野崎六助

不器用なヤクザの痛快世直しストーリー！

大好評「任侠」シリーズ待望の第5弾、文庫化！

●814円

決定版 ゲゲゲの鬼太郎4
妖怪大統領・鬼太郎の誕生
水木しげる

ばけ猫や妖狐など動物妖怪が出没。海を越えてやってきた吸血鬼や妖怪大統領の襲撃に、日本の妖怪たちは力を合わせて立ち向かう。全16話を収録。

●924円

崖っぷち芸人、会社を救う
安藤祐介

吉祥寺のスーパーが結成したお笑い芸人の「実業団」。夢に向かって走る彼らが、経営乗っ取りの危機から会社を救う!? 〈『夢は捨てたと言わないで』を改題〉

●924円

168時間の奇跡
新堂冬樹

保護犬施設「ワン子の園」には、心身ともに傷を負った犬たちと様々な里親希望者がやってくる。犬と人間の共生が抱える闇と希望を描く心温まる長編小説。

●968円

だけ人びとに親しまれて、とうとう千円札の顔にまでなることになった夏目漱石にしたって同様である。「漱石忌」という季題に、人それぞれの感慨はあるにしても、悲しみをあらたにするというようなものではない。はっきりいって、忌日の句は、他人事《ひとごと》として詠めるのである。

追悼句が苦手で、とくに肉親や恩師の死に際しては一句も浮かばない私だが、忌日の句は、ずいぶん詠んでいる。わりにすらすら詠めて、出来栄えのほうも、自分の口からはいいにくいのだけれど、これがなかなか上手なのよ。

お目にかけようか。季節順に万太郎忌（五月六日。傘雨《さんう》忌、暮雨忌）、業平忌（五月二十八日）、露伴忌（七月三十日。蝸牛忌）、子規忌（九月十九日。糸瓜《へちま》忌、獺祭《だっさい》忌）、志ん生忌（九月二十一日）、漱石忌（十二月九日）である。

帯しめてぽんと叩いて傘雨の忌　　滋酔郎
業平忌たまには合はせ鏡かな　　同
露伴忌やせめて頓首と結ばんか　　同
へちま忌や古書四五冊の持ちおもり　　同
盃に夜が溶けゆく志ん生忌　　同
雨あしもとぎすまされて漱石忌　　同

おうおう、得意げにずらずら並べたてやがって、という声が原稿用紙の向こう側から、いまにも聞えそうである。いや、聞える、たしかに。でも仕方がない。得意不得意、得手不得手ということでいわせていただくなら、私、忌日の句が得意なのである。

プロとアマのいちばんの大きなちがいは何か。

将棋の米長邦雄王将が、うまいことをいっている。

「アマチュアは得意の戦法を持ってかまわない。むしろ、その得意をのばせばよろしい。だが、プロたるもの、得意の手があってはいけない」

勝負師ならではの卓見である。ゴルフのほうでも、たしか同じようなことがいわれているのではないか。俺は5番アイアンが得意だ、ということはドライバーは不得手だということと表裏をなしているわけであるから、まず、得意をなくさなければいけないというような教えを、プロ・ゴルファーのだれだったかに聞いたおぼえがある。

まったくそのとおりだと思う。プロでございというからには、不得手は許されない。得手があるということは不得手があるから得手があるわけであって、したがって、プロフェッショナルに得意があってはいけない。そうしてわれわれは仕合せなことにアマチュアなのだ。得意があったって一向にかまわない。自分は〈人事句〉が得意だと思うのなら、人事句をせっせと詠めばいい。〝なになに忌〟が好きな私は、だから、せっせと忌日の句を詠んでいるのだけれど、一つ困ることがある。いくら気に入った句ができても、人さまに差し上げる自著の扉や色紙に、忌日の句は使えない。

11 辞世便覧——挨拶句（三）

辞世は、最後の挨拶句である。

いまわの際に門弟一同から辞世を乞われた芭蕉は、苦しい息の下から「吾《わが》一生に口ずさみたる事は皆辞世なり」と答えたそうだが、これは相当にきざな言葉である。俳聖ともなればそれだけの自負を持って生きてきたのか、それとも俳聖なるがゆえに、息を引きとる瞬間まで、はったりをかまさざるを得なかったのか、どちらであっても、その心情はお察しできるけれど、それにしたって「皆辞世なり」は、いくら何でもいいすぎではないか。

われら凡夫の多くは、そのときがきたら、枕頭の顔など順ぐりに見つめながら、さようなら、のかわりにさりげなく一句くちずさんで、そのまま、すっと死ねたら上等だ、と考える。死んでしまうんだから、どんな句を残したってかまうもんか、というのも一つの考え方ではあるけれど、どうせ残すのなら、多少はましな句を残しておきたいと考えるのも、また人情というものである。

お迎えを待ちながらつらつら考えるに、これまでさんざん人さまの追悼句を詠んできて、それで、あっというまに詠まれる番がまわってきたというだけの話ではないか。びくびくすることは何もない。辞世だからといって、特別に構えることはないのだよ。気をラクにして。自然体で。そう、肩の力を抜いて……。それにしても、人さまが詠んで下さる追悼句がたのしみだな。たのしみなようでもあるし、こわいようでもあるし。みなさん、どんな句をもって悼んでくれるのか。でも、これればかりは、死んでしまえばたしかめようがない。だいいち、詠んでくれるかどうか、それさえわからない。私の場合、少なくとも「やなぎ句会」のメンバーは、たぶん全員詠んでくれるだろう。それも、待ってましたとばかり、喜々として詠むにちがいない。あんまりうきうきして作られたら、句の出来栄えが心配である。追悼句になるのか、慶祝句になるのか、あの連中のことだもの、わかったものではない。

だからやっぱり、追悼句を贈られる前に、先手を打って辞世を詠んでおくにしくはない。先手必勝である。

旅に病で夢は枯野をかけ巡る　芭蕉

翁《おきな》の辞世として、あまりにも有名な句である。終焉の地、大阪南御堂《みなみみどう》の旧跡には、ほとんど読み取れないほどに苔《こけ》むしたこの句の石碑が、いまも立っているけれど、これほど有名になってしまうと、いい句なのか、それほどでもない句なのか、考えれば考えるほどわからなくなってくる。いいと思えばすばらしくいい句だし、たいしたことないと思えばたいしたことない句にみえてくる。でも、諸家の評価があれだけ高いのだから、きっとすばらしい辞世の句なのだろう。

辞世の句、と書いたけれども、正確には、辞世というより、これは絶句なのである。つまり、さあいまから死ぬよ、と宣言して詠んだ句ではない。亡くなってみれば、最後の句だった、というのが絶句である。国語辞典を見ると、「絶句」といえば、漢詩の七言絶句の「絶句」、もしくは、あッとおどろいて絶句する、という「絶句」、この二つしか載っていないけれど、最後の作という意味で、俳人たちはこの言葉をふつうに使っているらしい。俳句の世界の約束ごととして、絶句も一応辞世とみなすことになっているようなので、この稿でも、その〝みなし規程〟に準拠することとして、以下、先人の辞世句を眺めていくことにする。すなわち辞世便覧である。

俳聖芭蕉がもっとも心を許した高弟中の高弟森川許六《きょりく》は、蕉門筆頭の俳人でありながら、蜀山人《しょくさんじん》顔まけの狂歌を以て辞世としている。

下手ばかり死ぬる事だとおもひしに上手も死ねばくそ上手なり　　許　六

「名人は危うきに遊ぶ」という芭蕉の言葉は、許六に与えたものだそうだが、いくら危うきに遊ぶとはいえ、死にのぞんで、何もこんな品のない狂歌を詠まなくてもよさそうなものである。

同じく蕉門の涼菟《りょうと》は、臨終間際に門弟たちに「辞世の句なからんや」と促されて、こう詠んだそうである。

合点じゃその暁のほととぎす　　涼菟

これまたお粗末な、句とはいえない句ではあるけれど、門弟たちに辞世を求められた瞬間、かっと目を見開いて「高らかに」こう吟じた（『俳諧世説』）というのだから、それはそれで凄絶な場面であったのだなあ、と思いはじめて以来、この句、尊敬している。

涼菟の「合点じゃ」にしろ、一休和尚だか、良寛和尚だか、ほかの坊主だったか覚えていないけれど、なにがなにやらで「はいさようなら」という辞世にしろ、人間、死ぬ間際に突如として滑稽なことを口走りたくなる衝動が働くのかどうか、なってみなければわからないことだけれども、あんまりふざけ散らされても、あとに残される者としてはしらけるばかりである。たとえば「盥《たらひ》より盥《たらひ》にうつるちんぷんかん」という一茶の辞世なぞは、さすがは一茶だ、と感服する人もおいでのことだろうが、私は認めない。人生をなめた句だとしか、私には思えない。たとえ少々句意が汲みとれなくても、辞世というからには、くそまじめのほうがいい。芭蕉の墓前にぬかずいて「我も死して碑に辺《ほとり》せむ」と大よいしょ句を詠んだ蕪村は、天明三年、六十七歳で没しているが、辞世の句はこうだった。

しら梅に明る夜ばかりとなりにけり　蕪村

「明る夜」というのが、お恥ずかしいかな、私にはわからない。ということは、この句全体がわからないということにほかならないわけだか、よしんばわからなくても、これがかの有名な蕪村の辞世の句であるぞよ、と聞かされれば、粛然として襟の一つもただしたい気になる。少なくとも、盥にうつるちんぷんかんだの、くそ上手だの、あんな辞世に比べたら、まじめなぶんだけまだましである。

芭蕉より二年早く生れて、一年先に没した井原西鶴は「人間五十年の究《きはま》りそれさへ吾には余りたるにましてや」という前書きを添えて、次の辞世を残している。

浮世の月見過しにけり末二年　西鶴

享年五十二。人生五十年という当時の相場に照らして二年余ってしまった、という句意だろうが、いまわの際に算盤《そろばん》をはじくところが『日本永代蔵』の作者の面目躍如といったところだけれど、句としては、ちっともおもしろくない。

人生最後の句は、やっぱり渾身の力を奮い起して詠んだものであってこそ、人の心をうつ。正岡子規の句が、まさにそうだった。本書の冒頭でご紹介ずみだけれどもう一度掲げる。

痰一斗糸瓜の水も間にあはず　子規

絶筆三句のうちの三句目、すなわち人生掉尾《とうび》の句がこれである。あとの二句が「糸瓜咲て痰のつまりし仏かな」「をとゝひの糸瓜の水も取らざりき」であることもよく知られている。死を目前にした子規は、仰臥《ぎょうが》の胸元にかまえた画板に、この三句をたたきつけるように記《しる》したと伝えられている。明治三十五年九月十八日、子規が、あまりにもあっけない三十六年の生を了《お》えたのは、その夜遅くのことであった。

翌明治三十六年には、尾崎紅葉が胃癌で死んでいる。亡くなる直前、枕頭を囲んだ弟子たちの顔をゆっくり見まわして紅葉山人いわく。

「おまえら、せいぜい、まずいものをくって長生きしろ」。いやな野郎。

辞世

死なば秋露の干ぬ間ぞ面白き　紅葉

せいぜいまずいものをくって長生きしろ、といわれた一人である泉鏡花は、それから三十六年ながらえて、昭和十四年九月七日に没した。おまえら、と毒づいた紅葉が三十七歳、毒づかれた鏡花は六十六歳であった。その鏡花も辞世を残している。

露草や赤のまんまもなつかしき　鏡花

「露草」と「赤のまんま」が季重なりだ、などと些事《さじ》にこだわるつもりはない。ただ、三十数年を経て、師も弟子も、辞世の句に期せずして「露」を詠んでいるところが興味ぶかい。興味ぶかい、というより、「露で結ばれた」師弟の両句、率直にいって通俗にすぎる。「師の半学を出でず」という言葉があるけれども、三十六年の歳月を隔てて彼岸で再会した師弟のやりとりを聞いてみたいような気がする。これに類する句を、落語中興の祖といわれる三遊亭円朝が残している。

辞世

眼を閉ぢて聞き定めけり露の音　円朝

辞世、とくると条件反射的に「露」と呟きたくなる気持はよくわかる。人生露のごとしとか、人の命は露のようにはかないとか、露イコール命という図式が、だれの脳裡にも抜きがたくきざまれている。薤露《かいろ》か蒿里《こうり》か、DE PROFUNDIS CLAMAVI《デプロフォンディスクラマヴィ》と謳うのは、洋の東西を問わない。だからこそ、辞世に「露」はつきものであり、だからこそ「露」の一字は避けるべきなのである。

こうやって一応ぴんぴんしているあいだは、もっともらしいことをいろいろいえるけど、いざ、これから息をひきとろうという瞬間に、そんなことを考える余裕があろうとは思えない。だったら「辞世」はあきらめて「絶句」に賭けたほうが賢明である。絶句の場合は、これでおしまいというふんぎり、つまり、辞世意識がない。うすうすは予感しているにしても、まだ一句や二句は詠めるだろうという希望的観測が働いている。これが大きい。徳《とく》俵《だわら》に踵《かかと》をかけて、もうあとがない、と思ってしまったら、かたくもなるだろうし、びびりもするだろう。絶句ならそれほどの重圧はかかるまい。

朴《ほほ》散《さん》華《げ》則ちしれぬ行方かな　　茅舎

昭和十六年七月、四十五歳で逝った川端茅舎《ぼうしゃ》の絶句である。「散華」の一語で、私などの年代が連想するのは、まず特攻隊のイメージである。お若い人は辞書をひいてごらん。仏教用語本来の意味に続いて「花と散ること。壮烈な戦死」と出ている。太平洋戦争開戦前に亡くなった茅舎は「特攻隊」という言葉こそ知らなかったにしても、「散華」については当然「戦死」の意味を意識した上でこの句を詠んだはずである。「散華」という言葉に特別な感慨を抱く世代と、何がなんだかさっぱりわからないという世代とでは、辞世の受けとめ方もおのずからちがってくる。そういうことまで考えにいれるとすれば、なるべくなら「散華」などという表現は避けたほうがいい。だれにでもわかる言葉で、時代が変っても死語になったりしない表現を選ぶことも、辞世の場合には必要だろう。〝人間の共通語〟ともいうべき一語を大胆に詠み込んだ辞世がある。

青すすき虹のごと崩《く》へし朝の魔羅　源　義

辞世というにはいささかどうかと思うような句ではあるけれども、辞世だから許されもするのだし、ある感動も伝わるのだという考え方も成り立つ。作者の子息角川春樹氏は雑誌『俳句』（昭和五十六年五月号）の座談会で、この句を紹介して、次のように述べておられる。

「父はこういう句をずっと否定し続けてきたんですが、それを父自身が絶叫したんです。この句は死ぬ寸前じゃなきゃ、できなかった。（略）オレはどうせ死ぬんだから言いたいことを言おうと思ったとき、初めて父が本音を吐いたんです。これはその本音の句だと思うんです」

春樹氏のこの言葉に私は共感を覚える。俳壇の一部では「春樹の句」というだけで猛烈な拒絶反応があるやに聞く。私は逆である。角川映画や角川文庫の醜悪きわまりないコマーシャルだのブックカバーには、それこそ猛烈な、吐き気を催すほどの拒絶反応を示す一人であるけれども、春樹氏の俳句はすばらしいと思っている。あれだけ醜悪な宣伝物を世に送りだして平気な人物の口から、美しい俳句群が生れるのが不思議なぐらいである。父君の辞世を「本音の句」と受けとめた春樹氏の言葉は、人間、虚飾を捨てたときにほんとうの辞世が詠めるのだという平凡な事実を改めて教えているようである。
対照的な句をお目にかける。昭和八年に六十四歳で亡くなった巌谷小波の句である。

辞世
極楽の乗物や是桐一葉　小波

蜀山人や沢庵和尚などが詠みそうな辞世だが、月並みとしかいいようがない句である。極楽といい桐一葉といい、道具立てがそろいすぎている。桐の葉を乗物に見たてるという発想も陳腐である。人さまの辞世に、無責任な評言を加えたりするのは、仏さまを冒瀆《ぼうとく》するようで心苦しい限りなのだが、感想は感想である。童話で一時代を劃《かく》した小波だから、子供にもわかる辞世を残そうと考えて、わざとこういう句を詠んだのかもしれないが、お子さま向けにしては、ちょっと硬い感じがする。

小波ほどの人でもこういう辞世しか詠めなかったことを考えると、死にのぞんで、われ人ともに感心するような名句が、そう簡単にできるとも思えない。辞世も絶句も一応あらめて、過去に作った自分の持ち句の中の一句を、辞世がわりに示すという手もある。「手もある」という言い方が不謹慎だったら、活用する、と言いかえてもいい。

昭和二年七月二十四日、三十六歳でみずから命を絶った芥川龍之介がそれを実行している。死の当夜おそく、別室の伯母に次の句を託して、明朝これを主治医に渡してもらいたい、と言い残したあと、致死量のヴェロナールをあおいだのだという。

自嘲

水洟や鼻の先だけ暮れ残る　龍之介

「青蛙おのれもペンキぬりたてか」というルナールの『博物誌』を下敷きにした句とともに、芥川の代表作とみられている句である。大正七、八年ごろの作で、自身でも気に入っていたらしく、色紙や短冊によくこの句を認《したた》めていたという。

私も今年は五十の声を聞く。そろそろ辞世の準備でもしておこうかと考えたり、いやいや、いまどき辞世だなんてはやらないし、そんなわざとらしいものを残すのはまっぴらだと考えたり、芥川のひそみに倣《なら》って、これまでの持ち句の中から、辞世候補句を二、三句ひろっておこうかと考えたりしているうちにめんどくさくなって、まあいいや、成行きだ、というところにいつもおちつくのである。かりに作るのであれば、やっぱりさり気ないものがいい。「露」とか「蓮の台《うてな》」とか「枯野」とか「極楽」とか「閻魔《えんま》」とか、そういう露骨な言葉だけは絶対に使うまいと思う。「鰯雲」などというのはさわやかでいいけれど、お迎えが秋にくるとは限らないから困る。季語のことを考えると、四季とりそろえて作っておく必要がありそうである。まだぼけないうちに、とりあえず一句作っておいて、そいつに心ゆくまで推敲を加えて完璧なものに仕上ったら、抽斗《ひきだし》の奥にでもこっそりしまい込んでおこうかとも思うが、気に入った一句というものは、自分の中で変化するもので、作った当座は完璧だと思っていた気に入りの句が五年たってみると読むに耐えなかったということは、いままでにもよく経験している。なんだ、こんなひでえ句が滋酔郎の辞世か、とあとでいわれるのは仕方がないとして、いわれても、死んでからでは弁解も反論もできないのが癪《しゃく》である。

死の淵をのぞき込んで、苦痛と恐怖と不安におののきながら夢中で口走った譫言《うわごと》が、たまたま五七五になっていたら、それが理想の辞世なのかもしれない。

12　もっけの病気――病中吟

　これだけ俳句にいそしんでいるのに、いつまでたってもうまくならない、というぼやきではじまる文章を、以前に草したことがある。

「いっそのこと、病気にでもなって、入院でもして、手術の一つでも受けたら、あッとおどろく病床名句があとからあとから雲のごとくわいてくるかもしれない。子規を見よ、三鬼を見よ、波郷を見よ。すぐれた俳人のすぐれた俳句はみんな病床から生まれているではないか。漱石が『秋風や唐紅《からくれなゐ》の喉仏《のどぼとけ》』などというすごい句を作ったのも、あれは有名な修善寺大患の直後だった。そうだ、そういうものかもしれない。光は東方から、名句は病床から。

　たわむれにそんなことを考えて、しかし、たわむれにでもそういうことを考えるものではない。たわむれがたわむれではなくなって、ほんとにそういうことに相成った。（略）お望みどおり病院のベッドの上で、（痔の）手術後の痛みと闘いながら、いまこの原稿と取組んでいる。（略）めでたく病床の身になって白い天井をぼんやり見上げているのに、俳句は全然浮かばない。喉仏だから名句になるので、唐紅の尻の穴では、ちょっとどうもね」

六、七年前に出してちっとも売れなかった拙著『にっちもさっちも』の中でそんなことを書いた。売れなかった腹いせに長々と引用したわけではない。名句は病床から、と書いたあのときの気持に、いまも変りはないからである。

実際、俳句史に残る名句が、どれだけ病床から生れていることか。試みに正岡子規以後の病俳人の名前を思いつくまま並べてみても、尾崎放哉、芝不器男《しばふきお》、川端茅舎、斎藤空華《くうげ》、長谷川素逝《そせい》、石橋秀野《ひでの》、石橋辰之助、松本たかし、日野草城《そうじょう》、加藤楸邨《しゅうそん》、山口誓子、石田波郷……というぐあいに列記していったら分厚い患者名簿が出来上ってしまう。

俳句のうまい人は病気にかかりやすい体質なのか、それとも病気になったらにわかに俳句がうまくなるのか、たぶんその両方であって、俳句の才があって、もともと病気にかかりやすい人が、案の定《じょう》病気になって、それでますます才能に磨きがかかるのだろう。われわれ凡人が病《やまい》の床に臥《ふ》しても、なかなかそうはいかない。ましてや、同じ病の床とはいえ、痔の手術で呻吟するなぞは風流の境地からほど遠いわけで、あのとき一句も作れなかったのは無理もないのだ、とみずから慰めているところが、われながら凡夫の凡夫たるゆえんであって、詠む人が詠めば、痔の病だって俳句になるのである。大吐血の直後に「唐紅の喉仏」と漱石が詠んだのは明治四十三年のことだったが、二年後の大正元年には痔瘻《じろう》の手術を受けている。

秋風や屠《ほふ》られに行く牛の尻　漱石

たいしたことない句じゃないか、とおっしゃるむきは、いっぺん痔の手術を受けてみるがいい。あれこそは手術の中の手術、激痛の中の激痛、七転八倒しながら畳をかきむしるような地獄の責め苦の中で、俳句などというものを作れるものかどうか、考えてもごらんなさい。

なかば戯《ざ》れ句のような気味合いが感じられるこんな句でも、漱石だから詠めたのである。私なんか、痔の手術を二回も受けているけれど、とてもとても。

痔では詠めない。患《わずら》うからには、やっぱりもうすこし深刻な病気になって、生死の境を本気でさまよわなければ病中吟の傑作なぞ、とても詠めそうにないと考えて何年か過ごすうちに、胃潰瘍ならびに十二指腸潰瘍が爆発的に悪化して、転がり込むように、またしてもお望みどおり入院する羽目になった。こういう望みは、すぐ叶う。

手術がすんで、回復室の酸素テントの中で麻酔から醒めた。お腹は切りたて、からだは管《くだ》だらけ、意識は朦朧《もうろう》、ろれつも朦朧。その回らぬ舌で、痛い痛い、注射注射、と口走ることだけで初日は終ったけれど、二日目が長かった。灰色の皮膜がかかったようなビニールの酸素テントごしに、衝立《ついたて》がわりの白いカーテンがぼんやり浮かんで見えるのが視界のすべてで、テント一枚を隔てて「幽明境イヲ異ニス」とはこのことかと思った。おおげさなことをいうやつだとお疑いなら入ってごらん、すぐわかる。酸素テントの中というのは、娑婆《しゃば》とあの世の接点なのである。あの中に幽閉されていると、時間の観念がまったくなくなって、いまは、二日目なのか三日目なのか、昼なのか夜なのか、夜だとすれば真夜中なのか明け方なのか、そういうことが、さっぱりわからない。テントの頭上から垂れているコール釦《ボタン》を押して、いま何時ですか、昼ですか夜ですか、とそればっかり一時間おきぐらいにたずねていたようである。

手応えというものが何一つない酸素テントの中で過ごした半醒半睡の二日半を句に詠めないだろうか、と病室に戻ってから考えた。霧の中に踏み迷って、行けども行けども霧の中というような、心細さの極致といってもいいあの白い無為は、絶対句になるぞと思うのだけれど、現実問題として、全身管だらけのまま地獄の点滴攻めにあっていると、苦痛が創作意欲を上まわって俳句どころではない。

一週間後ぐらいに、やっと管から解放されて、よし作るぞ、と今度こそしっかりその気になったものの、気力体力が回復するにつれて、身辺がにわかに多忙になってきた。起床から消灯まで、やれ検温、やれ採尿、やれ回診、やれ注射、やれ点滴、やれ検査、やれ食事と追いかけられっぱなしで一日が終るような仕組みになっている上に、その間隙を縫って、見舞い客が入れかわりたちかわり、人の病みやつれた顔を見物にやってくるもんだから、当方としても、返礼のつもりで、手術の模様だの、術後の痛苦だのを、おもしろおかしくご披露に及ぶことになるわけだが、相手変れど主変らず、同じ話をテープレコーダーみたいに繰返してサービスにこれつとめるのが毎度のことで、入院生活も、これでなかなか忙しいのである。怠け者の私の場合なぞ、ふだんがふだんだから健康時よりよっぽど忙しい毎日に、目がまわる思いである。おちつかないことおびただしいこんな環境の中で、先人たちは珠玉の病床句を詠み続けたのかと思うと、おのれの才能のなさを棚に上げて、あの人たちは化け物ではないのか、などと失礼なことを考えたりしているうちに、とぶように日が過ぎてゆく。

退院の日がきて、朝起きると同時に病室の窓をあけると、なんともさわやかな風が頰をなぶり、抜けるような青空に秋の雲が点々と散っていた。いよいよ刑期満了で出所か、と感慨を嚙みしめながら白いうろこ雲を眺めているうちに、ひとりでに十七文字を呟いていた。

粥腹や人の情と秋の空　　滋酔郎

「人の情と秋の空」が、「女心と秋の空」を連想させるところがどうも気に入らない。なんとか手直しすべく、季語を入れかえたり、中七を言いかえたり、あれこれいじくりまわしてみたものの、いじればいじるほど一句の重心がくずれていって、収拾がつかなくなった。推敲も時によりけり、この際は第一感に基づく初案のほうが、自分の気持を素直にあらわしているように思えた。念には念を入れよ。そう考えて、村山古郷さんに添削を乞うたら、病後の挨拶句としてなかなかよろしい、このままで十分通用するから添削の要なし、とのご返書を頂戴したので、退院の挨拶状にこの句を添えることにして、教科書体の活字で印刷させたら、馬子にも衣装で、三割方、句格がアップしたようだった。

その村山さんが、私の退院と入れちがいに大患を養う身になられた。あれは検査結果が出たその晩のことだったのだとあとで知ったのだが、いつもと少しも変らない穏やかな表情に微笑を浮かべて、まるで世間話の延長のような感じで村山さんが口をひらいた。

「江國さん、わたし発癌しました」

ハツガン、という言葉があまりにも唐突で、一瞬何のことだかわからなかった。

「乳癌なんです。男にも乳癌があるんですってねえ」

そういって白い歯をみせた村山さんの、あの晩の笑顔と、ものしずかな声が忘れられない。

急いで書いておく。村山さんはいまお元気である。ただし、ここまでの道のりには筆舌に尽くしがたいご苦労があった。乳癌の発見、手術、闘病のあとも、ほとんど数年おきに、再発、再手術、再闘病、再々発、再々手術、再々闘病、という泣きたくなるような経緯があったのである。

発病、国立がんセンター病院に入院

子規の日の朝雨少し入院す　古郷

病再発

窓に驟雨手術受けよといはれをり　同

この二句のあいだに六年の歳月がよこたわっている。衝撃や動揺の色を毛ほども感じさせない淡々とした詠み口は同じだが、再発の句はさらに客観性を増している。重大宣告を受けている自分を、もう一人の自分がひたと見据えているような構図は、ほとんど写生の極致といってもいい。

大患を養う身にとって、「死」はつねに念頭を去らない最重要テーマである。死の淵から三たび生還した村山さんの場合も、もちろん例外ではない。

死を恋ふにあらねど死思ふ籠枕　同
死神と餅焼きゐたる無言かな　同

万感を封じ込めた十七字の軽みのなかの、何という重みであろう。
君子は禍《わざわい》至るも懼《おそ》れず、という古い言葉があるけれど、村山さんばかりではなく、すぐれた病床吟を残している先人たちは、多かれ少なかれ同じ戦いを闘い抜いてきた。その人たちの句を眺めていくと、すごい句がごろごろしている。「いくたびも雪の深さを尋ね」た正岡子規に、こんな句がある。

眠らんとす汝静かに蠅を打て　　　子規

「汝」というのが誰であるのか、看病にあたっていた妹、律のことだという説と、臨時雇いの看護婦を指しているのだという説と両方あって、どちらの説が正しいのか、いまとなってはたしかめようもないが、「汝」が誰であってもそんなことはどうでもいい。

病床にあってやっと眠れそうになったときに、あごだの口だの、仰臥している顔のまわりに蠅がうるさくつきまとうので、この蠅を殺してくれ、ただし静かにたのむ、と命じたのか、それとも、ようやくとろとろっとした矢先に、枕頭で、ぴしりと蠅を叩いた音で目がさめて、もっと静かに打たないかとたしなめたのか、両様の解釈が可能だと思うのだが、この句をはじめて見たとき、反射的に私は後者の光景を想像した。

この句は、亡くなる五年前の明治三十年に作られている。以後、蠅の句を一つも作らなかった子規が、四年後、すなわち亡くなる前年の秋に、突如として蠅の句をかためて作っている。「蠅」はいうまでもなく夏の季題なので、どの句にも「秋の」という言葉が添えてある。「秋の蠅」は、それはそれでれっきとした秋の季題なのである。

秋の蠅追へばまた来る叩けば死ぬ　同
秋の蠅殺せども猶尽きぬかな　同
秋の蠅蠅たたき皆破れたり　同
欲睡
秋の蠅叩き殺せと命じけり　同

四年前の句と較べてみていただきたい。「静かに蠅を打て」は、いまや「叩き殺せと命じけり」になったのである。山口青邨氏はこの蠅四句を鑑賞して、ずばりこう書いている。
「子規の体が腐ったのだ」（『明治秀句』）
句もすごいが、評もすごい。
病気の痛苦そのものを詠んで、一読、息をのむような句を残しているのは川端茅舎である。

咳き込めば我火の玉のごとくなり　茅舎
咳き止《や》めば我ぬけがらのごとくなり　同
咳暑し茅舎小便又漏らす　同

季語は「咳」（冬）。歳時記の解説には「冬になると空風で喉を痛め咳の出ることが多い。

また風邪をひくと咳がよく出る」などと記《しる》されているが、同じ咳でも茅舎の咳は、そんな生やさしいものではない。脊椎カリエスが行きつくところまで行きついた、いまでいう末期癌の一症状としての咳なのである。冬の季語「咳」と、夏の季語「暑し」とが、真正面から衝突している。

力尽きた茅舎が四十五歳で亡くなったのは、昭和十六年七月十六日だったが、この凄絶な三句は、死の半年前ぐらいに作られたものだろうといわれている。

闘病生活が、人間を思慮深くさせたり、繊細にさせたり、ひとまわり成長させたりするということは、よくいわれるところだが、激痛や苦しみにのたうちまわるおのれの姿を直視する勇気と、それを客観的にえがく俳人たちの粘着性には、ほとほと敬服する。

又一つ病《やまひ》身に添ふ春寒し　たかし

昭和三十一年に五十歳で亡くなっている松本たかしの句である。さらりと詠んでいるので、うっかりすると、蒲柳《ほりゅう》の才子の軽妙な句だというふうに読んでしまいかねないが、「又一つ」という上五は、あだやおろそかな表現ではない。宝生流の名門松本家の長男として生まれたたかしは、名人の名をほしいままにした父長《ながし》のあとを継いで、当然能役者となるべき身だったのだが、生来の病弱でその道を断念している。大正九年、十五歳のときにかかった肺尖カタルに端を発して、結核、神経衰弱、睡眠薬中毒、盲腸炎、心臓障害、脳溢血、言語障害と病魔にとり憑《つ》かれ、その一生は闘病に明け暮れた。〝病気の問屋〟とまでいわれたたかしが「又一つ病身《やまひ》に添ふ」と詠んでいるのである。言葉というもののふところの深さを感じないわけにはいかない。

何度となく生死の境をさまよいながら秀句をつぎつぎに生み出して、病床吟の新境地を開拓した俳人といえば、何といっても石田波郷にとどめをさす。昭和四十四年十一月二十一日、五十六歳で生を了えた波郷が、三次にわたる成形手術に耐えぬいて、〝療養俳句の金字塔〟といわれる句集『惜命』を刊行したのが昭和二十五年六月のことなのだから、その病歴の長さがわかるというものである。発病はさらにその六年前にさかのぼる。昭和十八年九月に応召した波郷は、翌十九年四月に武定で発病、済南陸軍病院に後送され、三か月後の七月、病状は早くも極度に悪化した。

絶対安静

わが胸の骨息づくやきり〳〵す　　波郷

病俳人波郷の、これが発病第一句であった。不治といわれ、死病といわれた結核とのすさまじい闘いが、それから二十五年間続くのである。

柿食ふや命あまさず生きよの語　　同

万両や癒えむためより生きむため　同

息吐けと立春の咽喉切られけり　同

綿虫やそこは屍《かばね》の出てゆく門　同

おしまいの句は、波郷の絶唱といわれるほどよく知られた句である。季語は「綿虫」（冬）。初冬の曇天の日に、雪がちらつくように舞い散る小虫のことである。病院の裏門——ということは、とりもなおさず死体が搬出される門のことなのだけれど、その裏門に白い綿虫が無数にちらちらしているというだけの、健康人の目には何の変哲もない景色が、病波郷の研《と》ぎすまされた感性には、異常な重さをもった情景としてうつったのである。

第三句目もすごい。健康体の人間には決して詠めない「息吐けと」という上五に続けて、「立春の咽喉切られけり」とたたみ込むように一気に続けたこの句の迫力はどうだろう。生と死をひたと凝視した作品群の中で、次のような句も波郷は作っている。

秋の暮溲《しゆ》罎《びん》泉のこゑをなす　同

波郷が亡くなったのは国立東京病院だったが、四半世紀に及んだ闘病生活のほとんどは、清瀬の国立東京療養所であった。詳しくいえば、南七棟六番室が波郷の世界であった。そのすぐ隣、五番室で病を養っていたのが、若き日の結城昌治《ゆうきしようじ》氏である。昭和二十四年、病友波郷が主宰する句会で、二十二歳の結城さんはこんな句を詠んでいる。

隙間風なぐさめ言のむなしさよ　昌治
初蝶や死者運ばれし道をきて　同
朝焼けの溲瓶うつくし持ち去るる　同

期せずして溲瓶《しびん》の句である。師は音をいとしみ、弟子は色を愛《め》でる。わが身の、とはいえ、排泄物である尿の音や色を、聴覚と視覚で「うつくし」と受けとめる感性の柔軟さには脱帽する。私も胃潰瘍の手術後、検尿のために朝一番のぶんを採取することを命じられていたので、溲瓶には毎朝お世話になったけれど、自分のものとはいえ、気色が悪いばかりで、へんに生あたたかいガラスごしの感触に、ついに慣れるということがないまま、泡立つものから目をそらすのがつねであった。そういうところがわれながら情ない。

生死の狭間《はざま》にあっても、作れる人は作れるのである。やれ点滴が苦しいの、やれ病院暮しが忙しいの、といっているようでは話にならない。つまり人間の器《うつわ》がちがうのである。そこのところにやっと気がついて、ようやく何かが見えてきた。もっけの幸いという言葉があるが、もっけの病気、というふうに考えることにしたら、それこそ好機逸すべからずである。

この次また病気になったら、今度こそ、病める自分をひたと見つめて、三句でも五句でも、どうだ、と人さまにいばれるような病中吟を詠んでみようと思っているのだけれど、何の因果か、さきごろ日本にはじめて導入された英王室御用達のスポーツであるクロッケーに凝りはじめてから、自分でもおどろくほど体調がよくなって、このところ、毎日があいにく健康そのものなのである。

どうやらまだ当分俳句はうまくなりそうもない。

13 寿《ほ》ぎの天敵――慶祝句

追悼、辞世、病中吟と、どうにもしめっぽい話が続いてしまった。このへんでおめでたいほうも取り上げなくては片手落ちというものだろう。

人の一生を、社会生活という物差しで測った場合、大きな節目や事件が、吉凶の凶より、吉のほうがはるかに多いことは人間の仕合せである。もっとも、いくらおめでたい出来事でも、三日にあげず、というようなことにでもなったりしたら、祝う側としては、懐がたまったものではない。重なるときには三つも四つも慶事が続いたりすることが、えてしてあるところが人間の不仕合せである。

人間の営みの中のめでたい節目をひろってみると、この場合「誕生」というのが正しいのか「出産」というのが正しいのか、いずれにしても、おぎゃー、と一個のくにゃくにゃとした物体がこの世に現れたことを出発点として、お七夜、初節句というあたりから始まって、七五三、入学、合格、就職、結婚ときて再び出産、と一巡するわけだが、さらにそのあと、やれ還暦の、古稀の、喜寿の、米寿の、白寿のと、年ふるごとにめでたさの度合いはだんだん深くなっていく。この節目を縦の線だとすれば、横の線もある。栄転、昇進、社長就任、新築、開店、開業といった節目である。

かてて加えて、受賞パーティー、出版記念会、だれそれクンを励ます会といったお祝いの会がまた馬鹿にならない。とくに受賞祝賀会ときたひには、文化勲章、芸術院賞、芥川賞といったレベルならまだしも、やれ紫だの、紺だの、藍だの、色分けでばらまかれる何とか褒章《ほうしょう》にいたっては、瓜《うり》や茄子《なすび》の花ざかり哉、といった趣で、なんでも、何十万円かを公共に寄附すればそれだけで紺綬褒章なるものがもらえるというのだから、そんなところまで律義《りちぎ》に祝っていたら身がもたない。身が破滅する前に、財布がとっくに破滅している。政治家に身を堕さなくてよかったなあ、とつくづく思う。

病気、死、失恋、左遷、落第と、せいぜいそれぐらいの人生の凶事に対して、おめでたの節目の何と多いことだろう。慶事を祝う句をひっくるめて「寿《ほ》ぎの句」と称する。

内田百閒先生と腹心のヒマラヤ山系こと平山三郎氏の、はた目にも緊密かつうるわしい師弟の間柄については前にも触れたけれども、その平山さんのお嬢さんに対する百閒先生の心ぐみというものは、実の孫でもこうはいくまいと思われるほどこまやかであった。

オ宮詣リニ比奈子ヲ祝フ
ひひなよりは大きくなりぬ桃咲けり　百閒

平山令嬢の誕生を祝ってこう詠んだ百閒先生は、以後、毎年欠かさず雛の節句に寿《ほ》ぎの句を贈り続けた。

比奈子の雛の節句に　二句
桃の灯に今年の人形加へたり　同
桃ともせ歳々の人形をやらん　同
比奈子の雛の節句に
桃の灯にめまぐるしきはこの子也　同
ひひなの灯昼もともして襞の影　同
比奈子の雛の節句に
二句宛の二枝の桃わらひ鳧《けり》　同

初節句のお祝いに「歳々の人形やらん」と詠んだ百閒先生は、まさしく「歳々の」贈りものを欠かさなかったのである。誕生を祝った以上、とことんまで、とはいかなくても、少なくともかわいげが失せる年ごろになるまでは、毎年祝い続けるのが礼儀である。というような百閒流法則でもあるのかもしれない。

こういう句を贈られて天にも昇る気持になるのは親のほうであって、主役である赤ん坊がこの時点でわれ関せず、であるのは当然だが、その子が、長ずるに及んでどれほど感動するか、どれほど誇りに思うか、その喜びは計り知れないものがある。

寿《ほ》ぎの句最大のハイライトともいうべき結婚祝賀の句については、あとでゆるゆる考察するとして、ここではいま述べた〝人生横の線〟を寿《ことほ》ぐ句に目を向けてみたい。

重要無形文化財保持者に指定せられたる
花柳寿輔氏に

東京のことしの木々の芽だちかな　　万太郎

一句のどこにも、やれめでたいだの、やれ祝うだの、そういう言葉は使われていないけれども、全体に漂っているどこかほのぼのとした句趣が、慶祝句にぴったりであるばかりではなく、いきなり、「東京の」ではじまる上五がすごい。何がすごいんだ、とおっしゃる方は、大変失礼だけれども、まだビギナーであって、すこし場数を踏んでくれば、この句で「東京の」という出だしは詠めるものではないということが、わが身に照らしてわかるはずである。

ちょっと洒落た慶祝句に、鷹羽狩行《たかはしゅぎょう》氏の次の一句がある。

宇野宗佑国務大臣の就任を祝し

ときに三寒おほかたは四温の人　狩行

おめでたも、これぐらいになると詠み甲斐があるというものだけれど、この句を引いたのは、「大臣」の二字に目がくらんだからでは決してなくて、句そのものがすばらしいからである。前書きの一行を手でふたをして、もう一度この句を読んでみていただきたい。惜しむらくは、前書きがないと、どなたのことを詠んだ句であるのかわからないというところが、このすぐれた句のアキレスの腱になっているわけだが、じっくりと読めば三寒四温の人というだけで、ある漠然としたイメージが湧いてくるのではないか。少なくとも女性でないことだけはたしかである。男性の、かなりのご老体であることが読み取れる。ただし、宇野大臣がご老体であるというわけではない。いまは前書きをはずして考えているのである。すなおに読めば、温厚にして気骨《きこつ》ある年配の紳士を詠んだ句であろうと察しがつく。それでいいのである。その上でわれらが大臣《おとど》の誕生を祝う句になっている。慶祝贈答句は、こうでありたい。

慶事といってもいろいろで、永井龍男氏にこんな句がある。

木村八段名人位につく

立春や王将は豊かに厚し　東門居

将棋界の最長老木村義雄永世名人が、はじめて名人の椅子に座ったときの祝いの句である。読みくだしてみると、どこかぎごちなくて、指折り数えてみると、どことなくぎくしゃくした句なのだけれど、そのぎくしゃくしたところにこの句の魅力がある。

私もここ五、六年来、ご縁があって名人戦の観戦記を毎年受持っているので、新名人が誕生したときなど、その場でさらさらと祝いの句を認めて進呈できたらさぞいい気持だろうと思いながら、将棋という命を削る格闘技の迫力に圧倒されて、俳句どころではないというのが正直なところである。史上最年少、二十一歳で名人の椅子に座った谷川浩司くんには、どんな出来そこないの句でもいいから一句進呈したかった。出来そこないでもかまうものか、私の息子ほども若い好青年なのだから、ぐうともいわせないし、また、文句をいうような谷川名人ではない。

棋士の慶事で句を詠んだことはないけれど、落語家のお祝いでは何句も詠んでいる。わが「やなぎ句会」の総帥光石こと入船亭扇橋が、前名《ぜんみょう》柳家さん八――そうそう、そもそも「やなぎ句会」という呼称からして、柳家さん八の「やなぎ」から取ったのだけれども、その柳家さん八が、この世界で「止《と》め名」といわれている入船亭扇橋という大《おお》看板の名前を継いで、めでたく真打に昇進したときに、披露目《ひろめ》の挨拶状の末尾に私は次の句を添えた。

凛として白梅の咲きおくれけり　滋酔郎

「咲きおくれ」などという表現は、慶祝の足を引張るようないいまわしであるけれど、これにはわけがある。いまや押しも押されもしない大看板である扇橋だが、落語界入りは並はずれて遅かった。それというのも、そもそもは虎造の浪花節にあこがれて、しばらくは浪曲修業に明け暮れていたためである。木村友衛のお弟子さんの木村隆衛の、そのまたカバン持ちをして、三か月のドサまわりをしたこともある。感ずるところあって、それから落語に転じたのである。いまは亡き三代目桂三木助の門をたたいたのが昭和三十二年、すでに二十六になっていた。入門が遅ければ、昇進が遅くなるのも当然であって、真打という名のゴールにめでたく駈け込んだのが、昭和四十五年三月十三日の金曜日のことで、このとき扇橋は三十八歳十か月だった。三十八歳十か月で真打昇進というのは、落語界の長い歴史の中でも、きわめて珍しい。異例中の異例といっていい。だからこそ「咲きおくれけり」なのである。

「これは名句です。凛として、のうしろに、ずばり、おくれけり、と持ってきたところがみごとです。だいいち、咲きおくれけり、なんて、なかなか詠めるもんじゃありません。いやァ、実に結構な句です。うまいッ」

私の先生が大絶讃してくれた。私の先生というのはもちろん光石宗匠のことで、光石というのはもちろん扇橋のことで、ということは、お祝いの句の受取人そのものなのだから、どんな句だって褒めちぎるにきまっている。先生のお言葉ではあるけれど、この評価はあてにならない。

同じく句会の仲間である桂米朝が、幻の大作『地獄八景亡者戯《じごくばっけいもうじゃのたわむれ》』で昭和四十五年度芸術祭大賞を受賞したときにも、一句を贈った。

桂米朝の芸術祭大賞受賞を祝して

春寒の地酒あくまで醇乎たり　同

この句の眼目が「地酒」の一語にあることはいうまでもない。上方落語という、伝統こそ江戸落語をしのぐほどの世界も、戦後しばらくは滅亡寸前の状態が続いていたのだし、松鶴、米朝、小文枝、春団治といった実力派の芸と個性によって、ふたたび隆盛を取り戻しつつあったあの時期でも、地域的にみれば、ローカルはローカルであり、あえて「地酒」という言葉を選んだわけである。

余談だが、あのとき『地獄八景』をひっさげて米朝が紀伊國屋ホールで独演会を開いたときに、プレイガイドのお嬢さんが、切符を買いにきたお客に、いかにも心得顔で「ああ、土方《どかた》落語の会ですね」と口走ったという話が、いまだに語り草として残っている。それぐらい一時の上方落語は疲弊していたのである。

横の節目はこのへんで措《お》くとして、さて、寿《ほ》ぎの句のハイライトである結婚を祝う句に目を向けてみよう。

第三者が新郎新婦の門出を祝って贈るのが寿《ほ》ぎの句であることは断るまでもないが、その前に、当事者自身が詠む寿《ほ》ぎの句について一言しておきたい。

俳句界に「ミヤコホテル論争」と呼ばれる有名な論争が残っている。火をつけたのは日野草城である。新婚第一夜をミヤコホテルで過ごした草城は、そのよろこびを手放しで何句かの連作に託した。よろこびをうたいたい、というのは、人間にとって天然自然の情なのだし、むしろほほえましい成行きだと思うけれど、問題は、その連作が一夜の経過に即しすぎていて、順を追って読むにつれて、きわめてなまなましい空気を発散させているところにある。

けふよりの妻《め》と来て泊《は》つる宵の春　草城
夜半の春なほ処女《をとめ》なる妻《め》と居りぬ　同
枕辺の春の灯《ともし》は妻《め》が消しぬ　同

よくいうよ、といいたくなるようなこの三句のあとに、何句かあって、さらにこう詠む。

麗らかな朝の焼麺麭《トースト》はづかしく　同
湯あがりの素顔したしく春の昼　同
永き日や相触れし手はふれしまゝ　同

のろけも、ここまでくると厭味である。傍焼き《おかや》でいうのではない。たとえそれが写生であったにしても、俳句に託すべきことではないと私は思う。

ポルノ解禁も間近い現代にあって、おまえ、バカか、といわれそうである。ヌードを詠んでいるわけじゃなし、抱き合っているわけじゃなし、せいぜい手を触れ合っているだけじゃないか。そのとおりである。それがポルノか？　ポルノだなんてひとこともいってない。念のためにいえば、ポルノグラフィーは、私だって決して嫌いじゃない。あれはあれで、結構なものです。ただし、上質のものに限るけれど。

問題の連作が、なぜ「問題」なのか。ポルノとは、まったく関係がない。ひとことでいえば、器《うつわ》の問題であって、草城は、盛るべき器をまちがえたのである。

だが、蓼《たで》食う虫も好きずき、とはよくいったもので、異性への愛情を吐露したこの句によって「輝かしい発句道が切り開かれ」たと最大級の讃辞を呈したのが室生犀星であった。冗談いっちゃいけない、こんなものは「流行小唄程度の感傷」にすぎないと反論したのが久保田万太郎であった。この応酬に中村草田男も加わって、ミヤコホテル論争は、俄然、俳壇の一事件になったのである。私にいわせれば、論争すること自体愚かしい行為であって、草城の句をちょっと眺めただけでも、さもありなん、と察しをつけてしかるべきである。

くちびるをゆるさぬ人や春寒し　同

春の夜や脱ぎぼそりして閨の妻　同

孕みたる女ばかりや明け易き　同

こういう素材と詠み口は俳句にはそぐわない。そぐわないことを最高裁判所は「なじまない」という日本語を使っているけれど、まさにこれらの句は俳句に「なじまない」のである。

俳句の三本柱は、たしなみと、つつしみと、はばかりであると私は確信するものである。「つつしみ」ということを、具体的にお知りになりたければ、山口誓子氏の次の一句を嚙みしめてごらんになることである。

わが新婚の友を訪ふ

はゝびとの煖炉くべます新婚《にひめとり》　誓子

これなんだよ。新婚夫婦を詠みたかったら、これぐらいの工夫をこらすべきなのだ。断っておくけれど、「新婚」と書いて「にひめとり」と読ませているからいい、といっているのではない。それどころか、こういうルビのふり方は私の好みではない。むしろ大嫌いだ、とつねづね考えていることは、後章（『ふりがなを考える』）をお読み下さればおわかりいただけるはずである。「はゝびと」と「くべます」の二語が、この句を珠玉の句にしていることを、わかっていていただきたい。とくに「くべます」という敬語法こそ、この句のいのちなのである。

勝手にしろ、といいたくなるようなミヤコホテル論争はさておくとして、いまの主題は、人さまの結婚を寿《ことほ》ぐ句である。「煖炉くべます」がその代表例であるわけだが、これがなかなかむずかしい。

角田四三子ぬし輿入に

花に酌む式三献の果報かな　　紅葉

紅葉とともに俳句結社『秋声会』をおこした角田竹冷《かくたちくれい》の長女四三子《よみこ》に贈った句である。盟友の愛娘《まなむすめ》で、『秋声会』の三才媛といわれた女性の華燭を祝う気持が、すなおに出ているものの、寿《ほ》ぎの句としては、あまり感心したものではない。語句の選び方が、月並みにすぎるのである。三三九度のかためのことを「式三献」といいきったところが、紅葉としては得意だったと思われるのだけれど、どういう表現を用いようが、結婚を祝う句に、三三九度の盃を持ってくる、まさにそこのところが月並みなのだ。たとえば、芥川龍之介が句友小島政二郎氏（俳号古瓦）の結婚を寿《ことほ》いだ次の句と較べてみていただきたい。慶祝句に、ほどのよさというものが、どれほど大切であるか、おわかりいただけると思う。

古瓦新婚

甘栗をむけばうれしき雪夜かな　　龍之介

「うれしき」の一語がここでは効いている。ここでは、というのは、「うれしき」などという生な表現を用いると、句はしまらなくなるのが通常だからである。「甘栗」と「雪夜」の季節関係はどうなっているのかという気が、ちらとしないでもないが、この句の眼目は「甘栗」でも「雪夜」でもなくて、「うれしき」の一語なのだと思えば、それほど気にはならない。

私も寄る年波で、結婚披露のおめでたい席には数えきれないぐらいお招きにあずかっているので、鮮《あざ》らけき妹背《いもせ》の誕生を祝福して、たとえ拙《つたな》くても一句贈りたいと思いながら、なかなか作れなかった。とくに仲人をつとめたときなどは、媒酌人挨拶のどこかに、さり気なく一句織り込みたいのはやまやまなのだけれども、どうしても作れないのである。作れないのではなくて、作る気になれないのである。もっとはっきりいってしまえば、作りたいのに、作る気にさせないのが近時の披露宴なのだ。そう思わないか？　思いなさい。宴たけなわになればなるほど、背すじがぞくぞくしてくるような演出が、これでもか、これでもかと施されていて、とても正視してはいられない。やれ会社の同僚だの、やれ女子大のクラスメートだの、つぎつぎに立ってスピーチをはじめるのはまことに結構だけれど、若い人たちの、とくとくとしたすっぱぬきスピーチは苦々しい限りだし、再三再四のお色直しの間隙を縫うように、スライド上映と称して、新郎新婦のご幼少のみぎりから婚約時代までの、でれでれとした写真がアップで、えんえんと上映されるあの時間も苦痛以外の何ものでもない。ようやく終って、やれやれと胸をなでおろす暇もあらばこそ、友人と称するはね返りがしゃしゃり出て、やれもうキッスはしたかだの、もう他人ではなくなっているのかなどと、無礼きわまりないクイズを出題して、新郎新婦の回答のくいちがいを笑いのたねにしようとする下劣浅薄な趣向が待ちかまえている。鳥肌立つような式次第の仕上げが、例の花束贈呈とくる。これで句を詠めというのは、いうほうが無理である。

　というわけで、結婚を祝う句を、私はそれほど詠んでいないのだけれど、それでも何句かはもちろん詠んだ覚えがある。詠むからにはすっきりとした句を詠みたい。少なくとも教訓臭ふんぷんという句だけは避けたい。さりとて、いまさら「菊薫る」でもあるまい。そのへんが苦心を要するところで、これまでに詠んだ寿《ほ》ぎの句のうちで、まあまあと思われるものは、次の二句ぐらいしかない。

薫風に孔雀は胸を張ってから　滋酔郎
福寿草ちひさく咲いてあふれけり　同

むずかしくても、こういう句はわりに気楽に詠める。それというのも他人事《ひとごと》なればこそ。これがわが娘の結婚となったら、そうはいかない。その日がきたら、思いがあふれて、どうせ詠めっこないのだから、先まわりして、いまのうちに、二人の娘どもに与える祝婚句をあらかじめ作ってやろうと思って、さっきから小一時間も考えているのだけれど、どうしても出てこない。ただでさえ乏しい想像力を、かきたてかきたて、練り歯磨のチューブの最後をしぼり出すような思いで、無理矢理ひねり出そうとすると、自分でも思いもかけない句が、ひょいと口からとび出してくる。

婚期など忘れてしまへフリージア
ことしまた嫁《い》きそびれしか除夜の鐘

言語道断冷酷非道の十七文字だ、とわれながら呆れるばかりである。「フリージア」の句なぞ、はじめは「婚期など忘れな草よ」という言葉が浮かんで、してやったりと思ったとたんに、何のことはない。あれほど軽蔑してやまないネオ談林派そのものではないかと気がついて愕然とした。わが娘の華燭の日を想像しただけでこのていたらくなのだから、いざその日がきたら、句なんぞ詠めるわけがない。娘どもに告ぐ。おやじからの寿《ほ》ぎの句を、おまえたち、期待してくれては困る。

もう一度一般論に戻る。

寿《ほ》ぎの句に天敵あり。

知ってる知ってる、忌み言葉といって、たとえば結婚披露宴のスピーチで「別れる」とか「切れる」とか、そういう縁起の悪い言葉を口にしてはいけないという教えのことだろう、などと知ったかぶりをするものではない。別れろ、切れろ――お蔦《つた》じゃあるまいし、そんなことは常識以前である。私がいう寿《ほ》ぎの句の天敵とは、次の二つである。

嫉妬心とひがみ根性。

結婚披露宴で、ふるいつきたくなるような美人の新婦を見て、ちくしょう、うまくやりやがった、ああうらやましい、と思ったりするのも、明らかに嫉妬心の発露ではあるけれど、その程度のことはだれだって考えるのだから、問題にするほどのことではない。これが文学賞とか主演賞とか、あの手の受賞祝賀となると、話は深刻になる。森繁久弥氏が文部大臣賞受賞の直後に、祝ってくれた多数の友人知己の反応を冷静に観察、分析した文章を、新聞のコラム（毎日新聞昭和五十四年三月十九日付夕刊）に発表していた。

「虚心坦懐に喜んでくれた者は――ほんの一割程度。あとの九割は〝面喜腹背〟とでもいうべきか、どこか心の一部でクソ面白くない――という気持を漂わす」

海千山千の、さすがは名優森繁久弥、洞察が鋭い。実際、文学賞の受賞パーティーで、本来ならまっさきに、だれよりもすなおによろこびを分かち合うべきはずの同人雑誌仲間、わけても万年文学青年変じて文学老年といった人が受賞者に向ける屈折した笑顔なんかは、ちょっとすごいもんである。いまは亡き向田邦子さんが直木賞を受賞したら、とたんに、そういう文学老年たちから「いますぐ賞を返上しろ」という脅迫同然のいやがらせ電話が、ひっきりなしにかかってきて、一時はノイローゼになりかかったのよ、と話していたのが、ついきのうのことのようである。

私なぞは、はじめから賞などというものとはまったく無縁の暮し向きを続けているから、賞に伴う賞金のほうは、実にどうも、うらやましい限りだけれど、賞そのものをうらやむことはまるでない。森繁さんのあの文章には続きがあって、そういう心理は嫉妬から来るもので、その嫉妬心は人間にとって、実は大事なものだ、という意味合いのことが結論になっていたのだけれど、私の場合、どうもそのへんが希薄、もしくは鈍いようである。だからいつまでたっても進歩しないのかもしれないが、嫉妬心やひがみ根性をばねにしてまで進歩したいとは思わない。べつに君子ぶったり、いい人ぶったりするわけではないが、人さまの慶事に際してはすなおによろこぶほうで、吉左右《きっそう》に接するたびに、まず寿《ほ》ぎの句を考えることにしている。

阿川弘之氏の芸術院賞受賞をよろこぶ

馥《ふく》郁《いく》といふ語は梅に似合ひけり　　滋酔郎

村山古郷氏芸術選奨文部大臣賞に輝く
お手植の梅は大樹となりにけり　同

巧拙は二の次三の次と考える。いずれにしても、ともによろこぶという気持を、そのまま句に託すのがいちばんいいようである。もう一度いう。

寿《ほ》ぎの句の天敵は、嫉妬心である。

気のきいた寿《ほ》ぎの句を作りたい、でも、あいつの受賞はくそおもしろくもない。これではだめなのである。そういうご仁は、寿《ほ》ぎの句を考える前に、そのへんの小料理屋にとびこんで、たぶん板前の背中の壁あたりに、よく掲げられている福沢諭吉の教訓を、とりあえず熟読することをおすすめする。十何カ条に及ぶ人生訓の、まず第一条で福沢先生いわく——

「人間にとっていちばん醜いことは、人をうらやむことであります」

14　壁に耳あり——旅行吟

旅先にあって、ふだんご無沙汰しているだれかれに絵葉書の一枚でも書きたい、と思い立つことはよくあることである。絵葉書の一筆《いっぴつ》ぐらいおやすいご用だとして、せっかく旅に出ているのだから、文末に、雪国や、とか、駿河路や、とか、さりげなく一句添えてみたいと、いつも思うのですけれど、俳句なんて一度も作ったことがないし、生来不器用なたちなので、どうにも作れなくて、もどかしい思いをしているのです、と某日、しみじみこぼしていたのは、ほかならぬ本書の担当編集者F君である。あッ、そう、そうなの、俺もそうなのよ、とひと膝のりだす人、たぶん、たくさんおいでだと思う。句ができない以上、絵葉書なんて書いたってしょうがないという気になるもんだから、旅の便りそのものも、結局書かずじまいに終ってしまうんです、とF君はいう。

もったいない。旅信もそうだが、せっかく俳句ごころが兆《きざ》したのに、作る前にあきらめてしまうというのが、何としても、もったいない。

まず、作ることである。句のよしあしなぞ気にすることはない。だいいち、あなた、よしあしをいえた身分ですか。はじめて作るというのに、よしあしなぞを口にするのは僭越というものである。結果なんぞは考えないで、やみくもにとりかかることが先決である。なに、簡単なものよ。旅先で目についたものを一つ、季語を一つ、あとは「かな」でも「けり」でもお好きな結びを一つ、原材料としてはそれだけで十分なんだから。

旅先で一句というと、すぐに、山だの、川だの、草だの、木だの、と、みなさん、なんでそうそっちのほうばかりきょろきょろなさるのか。旅イコール風景イコール自然という公式に、あまりにもとらわれすぎておられる。山川草木もとより結構だが、それは、すっと、詠めたら、の話であって、初心のうちは、何も自然の景色にこだわることはないのである。町なかの電柱のビラでもいい。パチンコ屋の看板でもいい、かさかさのほっぺたが林檎《りんご》を思わせる少女でもいい。通学ホームにあふれた学生服のにきびの行列でもいい。土地の人情、土地の料理なんかは最高の素材なんだし、地酒に方言ときたら、ますますよろしい。句になるものは、いくらだってごろごろしているではないか。

句会の吟行で、あるとき信州戸隠に出掛けた。戸隠あたりまでくると、秋深い信濃路の空気の澄み方と冷え込みの度合いが、また一段と凛烈で、肺の底まで洗い清められるような思いだったが、同時に、人っ子ひとり通らない田舎道の白っぽい景色が、いかにもさむざむとして見えた。しのび寄る薄暮に包まれて、石の道しるべがぽつんと立っているのが芝居の書き割りを思わせて、いっそうさびしげな印象を与えている。苔むすような石碑の文字が、かろうじてこう読めた。

〈左ぜんくわうじ〉

あたりにはなんにもない。身に染《し》み込むような秋の風が、ただ吹き抜けてゆくばかりである。ぜ、ん、く、わ、う、じ、と一字一字、声に出してゆっくり読み上げて、読み了えてみると、それがそのまま句になっていた。

秋風や左ぜんくわうじと読んでみる　滋酔郎

ほかにこれといって目にひく風物もないところだっただけに、だれもが道しるべの文字には記憶があったとみえて、その晩の句会では「左ぜんくわうじ」が、よく点をかせいだ。会報を繰ってみると、戸隠吟行は昭和四十五年十月、つまり、句会をはじめて二年目のことだから、もとより初心の時期である。この句なんかは、作った、というより、道しるべの文字を、ただひき写しただけなんだし、「読んでみる」の「みる」が、いかにも幼稚っぽく思えて、こんなものを見せたらみんなに笑われるんじゃないか、と内心びくびくしながら、締切り時間に追われてよんどころなく投句用紙に書きなぐったことをいまでもはっきり覚えている。そうしたら、ばかに評判がよくて、いい、いい、とみんなにいわれているうちに、たちまち、うん、名句であるなあ、という気になってきた。

そんなものなのよ。

初心者だからといって、臆することはないのである。こんな句を詠んだらはずかしいとか、笑われるとか、みっともないとか、そういう弱気がいちばんいけない。

信濃路の秋を堪能したあのとき、変哲こと小沢昭一と、当時は並木橋（現六丁目）と号していた永六輔が、こんな句を詠んでいた。

あぜにどっこいしよ浅間の山と俺　変哲

そばリンゴそれに空気がおいしいな　並木橋

人がどう思うか、などと考えていたら、こういう名句は絶対に作れない。名句？　迷の字のまちがいじゃないのか？　ノー。名句です。嘘だと思うんなら、「あぜにどっこいしよ」を『家の光』、「空気がおいしいな」を『毎日小学生新聞』の、それぞれ俳句欄に送ってごらんなさい。特選まちがいなし。

初心者の大敵は自意識過剰である。はずかしい、という気持なんかさっさと捨て去ること。どうしてもふっきれないときには、ソレニ空気ガオイシイナ、と口の中で三べんとなえてごらん。気がらくになって、肩の力が抜けるから。

作るのは自分、楽しむのも自分、ならば、人がどう思おうが、知ったことか、と開きなおった上で、改めて先人の旅行吟を見わたしてごらんなさい。偉い人たちだって、作る句、作る句ぜんぶが大傑作というわけではない。旅にしあれば、の解放感が足をひっぱるのかどうか知らないけれど、大俳人だって、お粗末な句を詠んでいるのである。「東海道の一筋もしらぬ人風雅に覚束なし」なぞと聞いたふうな訓戒を垂れているのは芭蕉だが、その芭蕉にして、松島やあ、松島や松島や、とはなんぞや。

蕪村だってそうだ、多年の希望であったという吉野山の花見に出掛けて、「雲を呑《のみ》て花を吐《はく》なるよしの山」などというつまらん句を詠んでいる。「さみだれや大河を前に家二軒」という旅行吟の傑作を残した人間の同じ口から出た句だろうか。雲を呑んで花を吐く、吸って吐いて、吸って吐いて、ラジオ体操じゃあるまいし。

ぼろくそにこきおろしても、この人たちが化けて出る気づかいはない。芭蕉の遠縁だの、蕪村の子孫だの、そういう係累がどこかにおいでになるという話も聞いたことがない。だから安心してこきおろしたのだというわけではない。この二句は、例外中の例外であって、芭蕉と蕪村は、何といっても旅行吟の名手だと思うからである。蕪村の場合は、二十歳ぐらいのころに上方から江戸に出たあと、師事した夜半亭巴人《はじん》の没後十年余りのあいだ流浪の旅に出ているのだし、芭蕉とくれば、いまさら書くまでもない。『野晒紀行』『笈の小文』『更科紀行』『奥の細道』『終りの旅』と後半生のすべてを旅にかけた芭蕉の数々の名句は、引用するのが気がひけるほどである。

招提寺鑑真和尚来朝の時、船中七十余度の難をしのぎたまひ、御目のうち塩風吹入て、終に御目盲《めしひ》させ給ふ尊像を拝して

若葉して御めの雫ぬぐはゞや　　芭蕉

荒海や佐渡によこたふ天河《あまのがは》　　同

前句の繊細、後句の豪放、ともに私の好きな句である、というぐあいに一句あげたらまた一句、と連鎖反応的に全句を引かなければおさまりがつかなくなってくる。一句だけを選ぶなどということはとうていできない相談である。できない相談に、あえてのってみようか。好みということでいえば、次の一句が私の好みなのである。

馬上吟

道のべの木槿《むくげ》は馬にくはれけり　　同

貞享《じょうきょう》元年（一六八四）八月、「野ざらしを心に風のしむ身哉」と詠み置いて『野晒紀行』の旅に出た芭蕉は、このとき四十一歳。野垂れ死を覚悟の、風狂の旅のはじめ、大井川を越えたあたりで、この句が詠まれている。道ばたの、まったく何でもない光景。その「何でもない」ところが、逆に芭蕉の死生観を刺戟《しげき》したのだろう。目の前の一瞬の現象を、1／1000ぐらいのシャッターでとらえたスナップ写真を思わせる。1／1000だから、

画面はしっかり静止している。ピントもシャープである。それでいて、動きがはっきり感じられる。そこがすばらしい。

わが「やなぎ句会」の宗匠、つまり引率の先生である光石の口癖《ぐせ》は「見たさま」である。同じ教えが、芭蕉の口にかかると「俳諧はただ目前の事にて候」ということになるし、その境地を一句に託しているのは虚子である。

秋風や眼中のもの皆俳句　　虚子

新旧両俳聖から、こんなふうにいわれると、何やら深遠な哲理まで含んだ俳句の蘊奥《うんのう》奥義《おうぎ》を説かれているような気がして、かえって不動金縛りになったりしかねないところだが、なに、そんなにむずかしく考えることはないのであって、わが担任訓導光石の「見たさま」、これでいいのである。

目にしたさまを、そのまますなおに詠めばそれでいい。そのとき、あれも詠もう、これも詠もう、と欲ばらないことである。「見たさま」そのままといっても、ほんとの「そのまま」ではちょっと困る。「見たさま」に、あとは引き算が必要である。くれぐれも、この段階で、足し算をしないように。つまり、眼前の事物から、夾雑物《きょうざつぶつ》を排除していって、焦点を一つにしぼるのである。その上で、仕上げをしたければ、お化粧をととのえればいい。厚化粧は禁物。紅《べに》を、ちょっとさす程度である。「見たさま」プラス「一語の工夫」、すなわち、この段階で足し算をするのである。それだけで、句はぐんと大きくもなるし、おもしろくもなる。鷹羽狩行氏の旅の句に、こんなのがある。

石川啄木記念館

遺品寒々なかんづく借用書　狩行

啄木記念館を私はのぞいたことがないけれど、察しはつく。大体あの手の建物の中はひんやりと薄暗い上に、かび臭いような、しめった匂いがこもっていたりして、陰気な感じがするのが通り相場である。ましてや啄木とくれば、どうしたってさむざむとした室内がふさわしい。おそらくは、気が滅入るような雰囲気が充満しているのではないか。陳列の品々にしても、絢爛豪華といったものが一点もないことだけはまちがいないだろう。だとしたら、遺品、寒々、借用書は、まさに「見たさま」であったにちがいない。そうして、その三語の中に挿入した「なかんづく」の一語こそが、この句の眼目である。一句中の香辛料《スパイス》といってもいい。ほんもののスパイスが、多過ぎたり、選び方をまちがえたりすると、料理をめちゃくちゃにしてしまうのと同様に、俳句の香辛料もまた慎重な選択と、ごく微量の使われ方をしてこそ、句に風味を添えることができるのである。

「見たさま」を詠む姿勢が、どれほど重要であるか知りたければ、対極に位置する「見ないさま」の句と対比させてみればよくわかる。せっかく旅先にありながら、自分の五官を働かせようとしないで、頭の中で観念の遊びをすることでたのしんでしまう句がいちばんよろしくない。

天の橋立

逝く春を股の中より惜みける　　春夫

日本三景の一に遊んだ佐藤春夫の句だが、天下の景勝に申訳ないような、あまりにも安直な句である。大詩人が、ほんとに股のぞきをして景勝を愛《め》でたのかどうか、かりに、ほんとにやっていたとして、だったら「見たさま」プラス「やったさま」になるかというと、そういうものではないのであって、天の橋立、とくると、股の中より、と何の疑いもなく定型に甘んじてしまうところが安直であり、陳腐であり、怠惰ですらある。その上なお悪いことに、「逝く春」と詠んで「惜みける」と結ぶかたちは、「行春を近江の人とおしみける」という芭蕉の句のもじりだといわれても仕方がないだろう。

旅の俳句は、自分の目、耳、肌、すなわち肉体で詠まなくてはいけない。観念の遊びでよしとするのであれば、なにも旅になぞ出るにはおよばない。そうでしょ？　国鉄も高いことなんだし。いま、天の橋立に行こうと思ったらいくらかかるかご存知か。日本交通公社発行の時刻表を開いて、ピンク色のページを繰ってみると、東海道新幹線の東京・京都間が、運賃六千二百円プラス特急料金四千九百円。むろんこれは普通車の料金であって、グリーン車でゆっくり行こうと思ったら、さらに四千九百円が加算されて、合計一万六千円である。そこから先は私鉄の京都交通だから、これは安い。天の橋立まで千七百五十円と出ている。〆《しめ》て一万七千七百五十円也。行ったら帰ってこなければならないのだから、最低に見積ったとしても、その往復分三万五千五百円を、佐藤春夫先生はドブにお捨てになったというしかない。

観念に遊ぶ句ということは、言葉をかえれば、理屈でこねあげる句ということにほかならない。

大和また新たなる国田を鋤けば　　誓子

「また新たなる国」という表現が、一読、観念句のようにみえて、さにあらず。大和路に遊んだ作者の、これはしっかりとした写生句なのである。季語は「田を鋤《す》く」（春）で、田打《たうち》、畑打《はたうち》、田を打つ、田を鋤く、などとさまざまない い方をするが、全部ひっくるめて「耕《たがやし》」の一語で代表されることが多い。もともとは田植に備えて、冬のあいだじゅう水を抜いておいた田んぼの土を打ちかえすことを指すのだけれど、「鋤く」というと、田んぼよりも、むしろ畑に用いられることのほうが多いようだし、そのほうが自然でもある。鋤きかえされた畑の土は、すなわち母なる大地にほかならない。みるみるうちに鋤きかえされていくくろぐろとした土の色に、作者は「新たなる国」を感じたのである。しかも、この営みは、年々のことなのであって、「また」の一語が精彩を放つゆえんである。句柄が大きくて、何よりも格調が高い。俳句は格調であるなあ、とあらためて思う。

格調ということでいえば、志摩芳次郎氏がいみじくも「吟遊詩人」の称号をささげた富安風生の次の一句は、その格調において、旅行吟の王様といわれている。

赤富士に露滂沱たる四辺かな　風生

昭和二十九年、山中湖畔での作である。現代の人間は、年々寝坊助《ねぼすけ》になってきているものだから、「赤富士」という字づらを一瞥しただけで、一も二もなく夕日に輝く富士山を思い浮かべがちだが、とんでもない、払暁四時前後の、日の出直後の富士山が「赤富士」なのである。「露滂沱《ぼうだ》たる」といういささかオーバーで大時代な表現が、だからこそ生きるのである。

旅の句も、こんな横綱級になると、「見たさま」派にはあまり参考にならないかもしれない。格調なんかはどうでもいいから、旅先から、洒落た一句を書き送りたい、という声も多かろう。その気持はよくわかる。海外旅行に出掛けたときなぞ、とくにその衝動にかられる。ふちがぎざぎざになっている外国製絵葉書や、赤青だんだらの航空郵便に、異邦《とつくに》で成った一句をさりげなく書き添えておくのは、まことにいい心持のものである。

昭和十年、三十八歳で句友の石塚友二氏と『十日会』を結成した横光利一は、翌十一年、半年間のヨーロッパ旅行で四十一句の旅の句を残している。

シャンゼリゼ驢馬鈴沈む花曇　　利一

わかったようでわからない句である。とくに「驢馬鈴沈む」という中七はもう少し何とかならないものかと、人ごとながらいらいらする。でも、いかにも『旅愁』の作者の句だと思ったら、思っただけで、マロニエの香りが漂い、シャンソンが流れてくるからおかしなもので、新感覚派の新感覚というのは、つまりこれなのか、という気がしてくる。

ミロのヴィーナスを見る

春の燈やもすそひだなす膝がしら

作者名を伏せた。まったく先入観なしで、この句を味わってみていただきたい。いい句でしょ？　なんともいえず色っぽくて、しかも、下品にも、猥褻《わいせつ》にも堕していない。上々のエロチシズムが横溢《おういつ》している。一句の雰囲気全体が、おっとりしているところが実にどうもたまらない。さて、だれの句か、当ててみて下さい。よろしい、すこし甘いけれど、五人まで許そう。さあ、はじめ。永井荷風？　はずれ。谷崎潤一郎？　はずれ。舟橋聖一？　はずれ。田村泰次郎？　はずれ。うーん、川上宗薫？　おおはずれ。正解は――

北原白秋。

お母さまと馬車で行ったよ、と名作『この道』の中で清らかにうたった詩人が、こんなにも色っぽい句を詠んでいるのである。なんだか、人生、たのしくなっちゃうね。

どてらにくるまって、もっぱら小粋な四畳半のおもりに終始していたような印象を与える久保田万太郎が、東奔西走、意外なほど世界中をとび回っている。どこへ行っても、目にしたものがたちまち句になるところは、全自動カメラのシャッターを押しまくるにさも似たり。

ハルピン、キタイスカヤ、イベリアといへるロシア料理店にて

ゆく春や鼻の大きなロシヤ人　万太郎

ロンドンよりオスロに入り、約十日滞在

誰一人日本語知らぬ白夜かな　同

あたりまえじゃねえか、そんなこと、といいたくなるところだが、各句に付されている、それぞれにもっともらしい前書きが、凡なる印象を払拭しているから不思議である。そこで、一つ学ぶことができる。外国に赴いたら、とにかく何でもいいから詠むがいい。詠んだら、必ず前書きをつけること。すこしぐらいこじつけでもいいから、それなりの字句を前書きに連ねれば、何とかさまになる。

詠めばいい、とはいうものの、こう猫も杓子も海外にとび出すいまとなっては、ソ連に

赴いてロシア人の「鼻の大きさ」におどろいてみせてもはじまらない。「なんでも見てやろう」の時代は終ったのである。こうなると、出掛ける先が一句を制する。いまだったらさしずめ中国。漢字という共通項だけでも、強力な武器たり得るのではあるまいか。

十一日、和平賓館に

周総理小春の眉の濃かりけり　同

東安市場〝東来順〟にて

短日や涮羊肉《ツワンヤンロウ》のたぎり　同

涮羊肉《ツワンヤンロウ》について知るところは何もないけれど、知らなくても、ふわッ、と立ちのぼる白い湯気が、うまそうな匂いといっしょに鼻先を包むようではないか。故周恩来総理の、ぴんとつっぱった黒い眉毛の印象は、日中国交回復の批准書交換シーンの宇宙中継で、いまでもはっきり覚えているが、この二句は昭和三十一年の作であって、前書きに「十一月一日夕刻、われら文学代表の一行、北京に着く」とある。国交回復十六年前の句だと思うと、周恩来の眉毛の濃さは、想像を絶するほどくろぐろとしていたのだろうと察しがつく。

外国に出掛けたら、とにかく一句でも多く詠みまくることである。なんなら、声に出して詠んでもいい。はたの人物に、日本語が通じるわけではないのだから、大声で詠みまくったって、へっちゃらである。国内旅行ではそうはいかない。

二年前のことである。句会の吟行で箱根に出掛けた。吟行というといつもそうなのだが、滞在中に腹の皮がよじれるほど笑い過ぎて、あんまり笑い過ぎるもんだから、くたびれ果てて、帰りの車中では、さすがの猛者《もさ》どももただひたすら眠るのが常である。だからこのときも、箱根湯本駅をロマンスカーが発車したとたんに、みんなうとうとしかけたのだけれど、小田原に着くか着かないうちに、うしろのほうから、気になる言葉が、ふわふわ流れてきて、全員期せずして、ぱっちり目が覚めてしまった。

「……句友はみんな蕎麦が好き」

おや、と思ったとたんに、そこはそれ、治にいて乱を忘れず、いっせいに身を起こしたその耳元に、初老の男性のいかにも心得たような言葉が続いた。

「いい句ですねえ、句友はみんな蕎麦が好き、といいきったところがみごとです」

うしろの席を振り向いてみると、十人前後の中年女性と、六十年配の男性二、三人のグループが、紙とボールペンを手に手にはしゃいでいる。どうやら、われわれ同様、箱根吟行の帰りであるらしい。ちらちら耳にとびこんでくる片言隻句を総合するに、どこかの綜合病院の事務職グループのようだった。「蕎麦が好き」の句に続いて、宗匠格の初老の男性が、あとの句をつぎつぎと読み上げていく。どんな句が披講されたのか、もう覚えていない。とにかく「句友はみんな蕎麦が好き」の一語が強烈で、みんな肩を顫《ふる》わせながら、笑いを噛み殺すのに懸命だった。小沢昭一のごときは、そのあとも、流れてくる句をメモ用紙に書きつけては、みんなの脇腹を肘でつついて回覧させる始末で、よそさまの句会に、一同、のりにのってしまった。へっぽこ句会同士が鉢合わせしているとは露知らず、うしろのおじさんは、多々マスマス弁ズ、結局、ロマンスカーが新宿駅にすべり込むまで、車中句会をとりしきってしまった。

分秒を惜しんで俳句と取り組もうという姿勢は尊いけれど、場所柄というものを考えなくてはいけない。公共の列車の中で、うっかり句会なんか開いてごらん、だれが聞いているかわかったものではない。たまたまやなぎ句会などという、口から先に生れたような連中と背中合せになったのが運のつきなのである。列車の中の宴会でどんちゃん騒ぎをはじめるより、風流風雅の道にいそしむほうがどれだけいいかわからないが、車中の運座にはくれぐれもご用心。すなわち、壁に耳あり、である。

15　わたしのノウハウ

見たとおりに詠め、感じたままをすなおに詠め、とにかく作ってみることだ。それはそうかもしれないが、いきなりそんなことをいわれたって当惑するばかりだ。だいいち、どこから手をつけていいか、見当もつかない。要するに、とっかかりがないんだから、作りたくても作れないのだ、とおっしゃる文字どおりの初学の方々のために、この際、私自身の手のうちをご披露しようかと思う。すなわち、ノウハウの特別公開である。すでに俳句の道に親しんでおいでの読者は、どうかとばして読んでいただきたい。なんだ、くだらない、そんなこと、常識以前だ、ノウハウでもなんでもないじゃないか、と思われるにちがいないし、私にしたって、企業秘密をあかして、その上「くだらない」などと罵《ののし》られたりしたら、間尺《ましゃく》に合わない。ビギナー以外の読者にお願い申す。ここから先を読むなかれ。この章は、あくまでこれから俳句を作ってみようとお考えの方のみを対象にしていることを、再度お断りしておく。

さて、初心者諸君。小うるさい連中は、去った。ここで、第十章『人の悼み方』を思い出していただきたい。新聞の死亡記事を手掛りに、追悼句のトレーニングをしてみないか、と私は書いた。不謹慎の譏《そしり》を覚悟の上で、手許の新聞から、現実のお名前を無作為にひろって、イニシャルで順次ご紹介しながら、演習の見本をお目にかけた。あのときに即して、一句が出来上るまでの、内的経過を復元してみようと思う。つまり、私の前頭葉を病理解剖してみようというのである。

はじめに、北里大学医学部教授S・N氏を悼む句を作った。最大の手掛りが「フラビン酵素研究の権威」ということであった、ということは、あそこでも述べたけれど、フラビン酵素なるものが、ちんぷんかんぷんなのだから、イメージのかきたてようがない。生物、物理、化学専攻とあったから、三つの分野にまたがる優秀な頭脳の持主で、しかも、四十九歳の若さで亡くなっておられるのだから、S・N教授の死は、医学界の大損失であったにちがいない。日本の頭脳、というイメージがまず湧いた。大学者、という言葉が続いて浮かんだ。反射的に、語学が堪能であったにちがいないと考えた。ドイツ語、フランス語、英語の三カ国語ぐらいは、たぶん自由自在であったのではないか。とたんに「独逸語仏蘭西語」という漢字の字づらが浮かんだ。見るからにごつごつとした字づらの、そのごつごつとした印象が、視覚効果を生みだすのではないか。一句の結びに使えそうだ。あと季語を一つ、そうしてその季語と結句をつなぐブリッジを何か加えれば、一応かたちになる。
研究室の、主《ぬし》なき机の上に医学関係の専門書が雑然と載っている光景が、ちらちらした。何冊かは読みかけで、ページが開いたままである。どの本も、ことごとく横文字ばかり。さすがだなあ、というような場面を詠みたかったのだが、十七文字の枠内で、とてもそんな説明はしていられない。残念ながら、研究室はあきらめることにして、一足《いっそく》とびにS・N先生のお宅を想像することにした。お宅ということになると、さしずめ「書斎」だが、学者と書斎では、あまりにもつきすぎのきらいがある。書斎よりは「書庫」のほうがまだいいかな、と思ったところで、季語が浮かんだ。
底冷えの書庫ぞ独逸語仏蘭西語
十七文字にはなっているものの、書庫ぞ、の「ぞ」がひっかかる。いまは亡き主《あるじ》を偲んで万感の思いを嚙みしめる、という意味合いを「ぞ」に込めたつもりだったが、どこかぎくしゃくしている。底冷え、という字づらも、あまり好きではない。季語と助詞を変えてみた。
うそ寒の書庫の独逸語仏蘭西語
これでどうだろう。うそ寒の「うそ」という平仮名がやわらかい感じを与えるし、「の」の字の繰返しも、ある効果を出しているかもしれない。そう思いながら読み返すうちに、「仏蘭西語」が気になり始めた。医学部の先生なのだから、やっぱりドイツ語が主流ではないか。現代医学の主流は、ドイツとアメリカだと聞く。だとすると、フランス語を持ち込んでしまうと、一句が嘘っぽくなるおそれがある。「仏蘭西語」の四文字が使えないとしたら、この句のおもしろさは雲散霧消する。せっかく句のかたちを成したのに、残念だけれど、こういうときには、思いきりよく捨ててしまって、もう一度新たに考えてみる。

独逸語のひげ文字に泣く夜寒哉

私も大学の第二外国語はドイツ語だったから、あのひげ文字にはさんざん泣かされたものである。あのときの恨みがこもっているから、この句はすぐにできた。前書きをつけなければ、まじめな学生が夜遅くまで苦手のドイツ語と格闘している姿を詠んだ句だ、と十人が十人受取るにちがいない。そこに、前書きで「S・N教授を悼む」と一行添えれば、とたんに句意が変って、ドイツ語のひげ文字を見るにつけても故人が偲ばれてしみじみ悲しくなる夜であることだなあ、というような図柄になるところが、ちょっとおもしろい句になった、と自分でも思う。そうして、そこが気に入らない。追悼句に「ちょっとおもしろい」というのはふさわしくない。それに「泣く」と「夜寒」はつきすぎである。やっぱり初案の句に戻そうかな、と考えかけたときに、この二句とはまったく関係なく、第三句がひらめいた。

S・N教授ノ夭折ヲ悼ミテ

煖炉の火消えて洋書の匂ひかな　　滋酔郎

できた、と思った。むきだしの言葉が一つもないところが気に入っているし、洋書独特の匂いと煖炉の匂いは、学者の部屋にいかにもふさわしいではないか、と自画自讃するのは、だれも褒めてくれないからで、自分で作って、自分で褒めるのは、勝手である。こんなことなら、やれ、うそ寒の、ひげ文字の、と、ない知恵をしぼって苦吟することはなかったのに、と思いたくなるところだけれど、そういうものではないのである。ここが大事なところであり、かつ不思議なところでもあるのだから、耳かっぽじって、よくお聞き。こういう経緯をたどって、ああでもないこうでもないと考え続けながら、言葉の吟味を繰返しているうちに、頭の体操といってもいいその行為が一種のばねになって、ぽっかり新しい句に結びつくのである。いきなり第三句ができたのではなくて、前二句の作成過程のうちに、煖炉や洋書の匂いが、すでにかすかに漂っていたのである。

第二例のM・T氏の場合はどうだったのか。職業が洋画家で、享年が六十七。「帆船など海洋関係の絵で有名」とあるから、イメージがはっきりしている。少なくとも「フラビン酵素」よりずっと具体的である。まず「大帆船」という言葉が浮かんだ。ただの「帆船」では、帆かけ舟のような印象がつきまとって、句柄が小さくなってしまいそうな気がした。大帆船というと、世界史に出てくる「大航海」という言葉も連想にのぼって、スケールが一段と大きくなるし、まっ白な帆の色が、海と空の青をバックに、くっきりと目に見えてくる。

天高く大帆船は動かざる

とりあえず文字を配置してみた。とりあえず、というのも作句の一つのこつなのである。動かざる、という結びに、M・T画伯いまや亡し、という哀悼の意を込めたつもりなのだが、季語の「天高く」があまりにもからっとした明るい印象を与えるので、追悼句としてはいただけない。いっそ情景を夜に変えたらどうだろう。大帆船の白い帆がだんだん闇に溶け込んでいって、最後には見えなくなるというような情景を思い浮かべているうちに、大帆船なんとかかんとかの夜に溶け、と上五と下五だけが、はやばやとできた。あとは「なんとかかんとか」の部分を埋めればいい。ただし、季語を見つける必要がある。「秋の夜」といえばりっぱな季語だが、「夜」だけでは季題にならない。秋の夜、夜長、長き夜、秋の宵などとつぶやいているうちに、秋の日はつるべ落しという言葉に行きあたった。

大帆船つるべおとしの夜に溶け

なんとなく雰囲気は出ているような気がするけれど、問題は「つるべおとしの夜」である。どんな歳時記をさがしたって、そんな季語は出ていない。あくまでも私の自家製季語である。普通の句のときなら自家製季語もおもしろいけれど、人さまの死を悼むのに、そういうふざけた季語は使いたくない。それに「夜」というのも、考えてみると暗すぎる。追悼句だからといって、暗けりゃいいというものではない。もう一度昼の場面に戻すことにして、「寒の海」というのはどうだろう。これなら季語になっているし、字づらも悪くない。みるからに冷たい海の青。雲の白。大帆船のはためく白。そういう色彩を思い浮かべているうちに、ひゅうひゅうという風の音にまじって、大帆船のメイン・マストに、すっくと立って作業をしている水夫たちの声が聞えてきた。その瞬間、一気に句ができた。

悼M・T画伯、帆船を描いてみごとなりき

ようそろの声ちぎれしか寒の海　　同

せっかくの「大帆船」が消えてしまったが、もう未練はない。この句のほうがはるかにいい。一句の眼目は、もちろん「ようそろ」である。これは考えて出てきた一語ではない。耳に、聞えてきた一語なのである。ということは、大帆船というはじめの連想に沿ってあれこれ考えなかったら、「ようそろ」の一語は浮かんでこなかったはずである。

「ようそろ」は「宜候」と書く。宜《よろ》しく候《そうろう》、である。だったら「ようそろう」といいそうなものだけれど、簡略を旨とするためか、それとも海の男の方言なのか、必ず「ようそろ」という。幕末以来の海軍用語で、船の針路に関する諸命令を、最末端の船員が最終確認と報告を兼ねて叫ぶ言葉が「ようそろ」なのである。たとえば艦長が「おもォかァーじ」と独特のイントネーションをつけて命令を発すると、艦長から副艦長、副艦長から下士官、下士官から操舵手というぐあいに、「取りィ舵十五度」「もどォせー」「舵中央……」といったぐあいに伝達されていって、最終的に命令が完遂されたときに「百四十五度、ようそろ」と高らかに叫ぶんだそうである。この稿を書くにあたって、元帝国海軍士官阿川弘之大尉殿に教えを乞うたところ、電話の向こうで、阿川さんが朗々と声張り上げて「おもォかァーじ」「もどォーせー」「ようそろ」と教えてくだされたのであるから、絶対にまちがいない。

お三方のおしまいは、「昆布のしにせ、小倉屋社長」とあったK・Iさんである。「さん」であるから女性であることはすぐわかる。享年七十三だそうだから、老舗《しにせ》のごりょんさんというわけである。山崎豊子さんや、先日亡くなった花登筐《はなとこばこ》氏の世界を脳裏思い浮かべながら句を案じればいい。それに、こんぶの佃煮は、私の大好物である。そう思ったとたんに、佃煮の箱をあけたときの、ま新しい木の香がまず漂ってきた。ポリエステルだか、発泡スチロールだか知らないけれど、インチキ木目《もくめ》まで印刷してある、品性下劣としかいいようがない近時の〝木箱もどき〟では、そうはいかない。すがすがしい、ほんものの木の香にまじって、佃煮の匂いも鼻をくすぐった。で、ここから先は、二派に分かれる。こんぶの佃煮でお茶漬さらさら派と、こんぶの佃煮でしみじみ一献派とである。私？　いうにゃ及ぶ、私のことだもの、こんぶで一献派に決まっている。ホームグラウンドで詠めばいいわけだ。平凡だが正攻法で「晩酌や……」でいくか、「寝酒かな」で結ぶか、それとも「秋の酒」とするか、といろいろ考えながら、こんぶの佃煮でなんとか弔意をあらわしたかったのだけれど、「昆布の佃煮」だけで、七文字使ってしまう。だからといって「昆布」だけでは、佃煮なのか、おでんのだしなのか、正体がわからない。「佃煮」だけだと、はぜの佃煮もあれば、海老の佃煮もあるから、肝心の昆布がかすんでしまう。

こういうときには、一度白紙に戻すのがいい、と前二例で述べたとおりである。

大好きなお酒だけれど、この際、頭を切りかえて、小倉屋なる老舗の店頭を想像してみる。ガラスケースの中にどんなものがあっただろうか。山椒の粒が魅力のナントカこんぶ、千切りのナントカこんぶ、松茸こんぶ……とろろこんぶもあった。そうだ、酢こんぶというのもあったな。あれはなかなかオツなもので、へたなチューインガムなんかより、よっぽどうまい。もっとも、この年になると、酢こんぶを食べる機会なんて、そうそうめったにあるものではない。大体において、いまから旅に出ようというとき、始発駅の売店で、ひょい、と気まぐれに一つ求める、というのが一般的だろう。

秋の旅酢こんぶに噎せてしまひけり

酢こんぶというと「噎《む》せる」というのが、私の第一印象なのである。にちゃにちゃ歯にくっついて、指先でほじくったりするという印象が、次にくる。「噎せる」という一語に、「嗚咽《おえつ》」のニュアンスを含ませたかったのだけれど、無理だろうな。それに、これだけでは「ごりょんさん」の姿が全然浮かんでこない。かりに、ごりょんさんを前面に据えたとして、「ごりょんさん」に「旅」というのはあまり適当な取り合せとはいえない。「旅」なんかより、老舗の女あるじ然とした、きりりしゃんとした着物の着こなしが目に浮かぶ。女の人の和装の小道具といったら何だろう、というあたりでようやくまとまった。

小倉屋なる老舗の女あるじを悼む

酢こんぶに噎せてしまひぬ秋扇　　同

以上、お三方の追悼句は、こんな経緯を経て成ったのである。もう一度、重ねてお断りとお詫びを申し上げておく。亡きお三方ならびに遺族の方々にしてみれば、見も知らぬあかの他人に悼んでもらういわれはない、とおっしゃる気持が働くやもしれぬ。もし不快の念をおぼえられたら、深くお詫び申し上げる。

悼む句ばかりではなく、寿《ほ》ぎの句の実作見本もお目にかけておく。

「柳家小さん芸歴五十年を祝う会」というパーティーが、ついこのあいだ、ホテルオークラ平安の間でにぎにぎしく催された。

小さんさんとのつきあいも、思えばずいぶん古い。小さんの兄弟分だった桂三木助が亡くなる前後からだから、もうかれこれ二十五年になんなんとする。芸道五十年のうちの、その半分までつきあったのかと思うと、感慨もひとしおである。ぜひお祝いの句を詠まなくては。

なんといっても、あのまるい顔がまず念頭に浮かぶ。だからといって、やれ「まるき顔」だの、「福徳の相」だの、「にこやかや……」だの、そんな月並みな詠み方をしたんでは句品が落ちる。今度のお祝いの場合、一句のポイントが「五十年」という歳月の重みにあることはいうまでもない。その数字をそのまま使いたい。久保田万太郎の句に〈大阪府立図書館創立六十周年を祝ひて〉という前書きつきの「たなびける六十年の霞かな」という、相変らずきれいで、しかもあくまでさりげない句があるけれど、「六十年」だからこそ、ごろがよくて、俳句にぴったりくるのである。「五十年」ではこうはいかない。実際に声を出してつぶやいてごらんになれば、おわかりいただけるはずである。「たなびける五十年の霞かな」、これでは句にならない。

こういうときの便法というわけでもないのだろうが、五十路《いそじ》、六十路《むそじ》、八十路《やそじ》、というような表記法がある。短歌のほうでしばしば目につく言葉だけれど、あのいいまわしが私は好きでない。むしろ積極的に嫌いである。小さんさんを祝って、五十路《いそじ》きて、で始めて、やれ芸だ、剣道だ、酒だ、とふくらませた上で、菊薫る、などと結ぶのがいちばん簡単で、あっという間にかたちにはなるけれど、そういう作り方がもっともよろしくない。とにかく「五十路《いそじ》」だけは絶対に使うまい、と自分にいい聞かせて作句にとりかかる。したがって「五十年」をそのまま使わなくてはならない。もっとも、結びに置いておけば、語調としてはまるくおさまる。秋晴れやなにがなにして五十年、でこれまたすぐ出来そうであるが、どこか陳腐である。「五十年」とぽんとほうり出す結び方がその原因であり、何となく川柳に一歩近寄る感じがするところがおもしろくない。

小さんを祝うについては、小さんの何を詠みたいのか、まずじっくり考えてみることである。決まってるじゃないか、芸を詠めばいい、というのは必ずしも当を得た考え方ではない。滑稽ばなしに長じ、その何ともいえない風貌と、地味で控え目な語り口が高座の味になっている当代の最高峰で、同時に、柳派の総帥として落語界を率いているのが小さんである。名人といわれた三代目小さんを彷彿とさせるこの人の芸を好むことでは、私も人後におちないつもりである。だからといって、それをそのまま句にしたのでは、それこそ見え見えのよいしょ句になってしまう。それに、芸などというものは到底ひと言でいい尽くせるものではない。枯れた芸だの、渋い芸だの、わかったような評言がよく使われているけれど、枯れた芸というのは、裏を返せば、衰弱した芸ということにほかならないのだし、渋い芸にしたところで、おもしろさの欠落をカバーしてそうとなえているだけであることが多い。ずばり本質を衝く言葉があればいいけれど、そんな便利な言葉が「芸」というものにあろうとは思えない。正しく伝えるためには、それなりの説明を必要とする。十七文字という器は、致命的にせますぎるのである。もともと「五十年」という言葉は動かすつもりがないのだから、残る字数は十二文字である。十二文字で何を詠めばよいのか。

まず、十二文字の焦点を見つけなければいけない。となると、やっぱり「酒」しかない。私が飲み助であるということもさることながら、二十五年に及ぶ小さんさんとのつきあいは、いついかなるときでもお酒が介在している。ほとんど夜を徹して飲み明かしたことも数知れず。よし、酒でいこう。

次は季語の選択である。お祝いの句であるからして、「菊」だの「秋晴れ」だのが最初に頭に浮かぶ。最初に浮かんだものはまず捨てたほうがいい。誰でも思いつくということは、それだけ手垢にまみれた季語だということにほかならない。天下の小さんなのだから、名人上手という含みを持たせて「名月」という手もあるけれど、小さんのイメージとはちょっとちがうようである。無理に詠もうとしたら、名月に狸囃子を聞く夜かな、といった句にならざるを得ないではないか。滑稽ばなしの名手ということで、「山笑ふ」というのはどうかと思ったけれど、残念ながら、これは春の季語で、冬の場合は「山眠る」である。眠らせてしまってはなんにもならない。さんざん考えあぐねた末に、結局、たどりついたのは平凡きわまりない「秋の酒」であった。ここまでくればあとは早かった。

五代目小さん、芸歴半世紀を閲《けみ》す、めでたしともめでたし

秋の酒も五十年愛《め》で続けしか　　同

秋の酒も、の「も」がこの句の眼目であり、同時に、もっとも苦心した一字である。こ

の一字があるのとないのとでは、おおちがいである。秋の酒、だけであったらこの句は単に酒飲み讃歌にすぎない。「も」の字が入ったとたんに、これが酒の句ではなくて、実は芸を語っている句になるのである。「酒も五十年」ということは、その前提に「芸が五十年」という事実が隠されている。この道一すじ、五十年間芸を愛し芸を磨き抜いてきたこの人は、毎年めぐりくるこの季節の酒も、やっぱり半世紀にわたって飲み続けてきたのか、というような句意である。

こういうお祝いの挨拶句は、自分から「詠もう」と思って詠むのが普通だから、自発的であるぶんだけ、まだ作りやすい。問題は、こっちの意思とは関係なく、一方的にあてがわれる「席題」(当夜の題)、「兼題」(宿題)の場合である。歳時記にはとんでもない季語が収められていて、たとえば「無患子《むくろじ》」だの「茎立《くくたち》」だの、そんな見たことも聞いたこともないような季題を出されたひにはお手上げである。「むくろじ」は高さ約十五メートルの落葉灌木だそうで、「くくたち」は野菜の茎が春になって急成長して、いわゆる薹《とう》が立つことをいうんだそうである。そんな説明を読んだって、屁の役にも立たない。だから、お手上げなんだけれども、お手上げもここまで来ると、その難解性と特異性が逆に一つの手掛りとなって、何とかこなせるものである。

もっと厄介なのは、ごく日常的な、だれでも知っているものではあるけれど、あまりにも日常的すぎて、そのためにかえって興味も関心もない季題の場合である。

「独活(うど)」という季語(春)がある。正式には「土当帰(うど)」という三文字を書くんだそうだが、正式だか何だか知らないけれど、ぱっと見たら不如帰(ほととぎす)のようでもあるし、給食のおばさんのようでもあるし、「うど」の感じからは程遠い。歳時記には「和へ物、酢の物、浸し物、吸ひ物等、いろいろに料理されて、その風味を賞される」などと書いてある。そういうことなら百も承知二百も合点である。ただし、「山野に自生する五加科《うこぎ》の植物、茎の高さは三、四尺から大きいものは丈余にも達する」という説明に基いて、そういう状態を詠めということになったら、これはこれで大変にむずかしい。料理のうどにしろ、野生のうどにしろ、要するに平凡すぎて詠みにくいのである。

こういうときのこつは、テレビの「連想ゲーム」を頭の中でやってみることである。「独活」といわれてまっ先に何を連想するか。人によって、もちろん千差万別に決まっているけれど、私だったらまず「色」である。まっ白な、少し透きとおって病的に見えるほどの白さが目に浮かんでくる。その白いうどの肌から、次に何を連想するか。「音」である。小料理屋の板前や、熟練の主婦の手にかかると、うどを短冊に切るときの音が軽快そのものである。一定のリズムを崩さずにほれぼれするような手の動きにつれて、幅広の菜ッ切り庖丁の絶壁のような表面を、純白のうどが、つ、つ、つ、と駈け登っていく光景が、鮮やかに目にうかぶ。ここまで連想が続けば、句は成ったも同然である。

庖丁をかけのぼりゆく独活の肌　同

一方的にあてがわれる題もつらいけれど、枠《わく》がないという題も、つかみどころがなくて詠みにくいものである。たとえば「正月いっさい」などという題の出し方がある。文字どおり、お正月に関するものであれば、動植物はもとより、天文、地理、人事、何を詠んでもいいのである。いちばんらくそうに見えて、実はこれが意外にむずかしい。小学校の作文で、題を与えられたほうがらくで、むしろ自由作文のほうに手をやくのとまったく同様である。

歳時記を開いてお正月の季語を片っ端から見ていくのも一つの方法ではあるけれど、もっといいのは、まず大分類を考えることである。お正月の何を詠みたいのか。時候そのものか、植物か、動物か、それとも人事でいくか。新年の場合、圧倒的に多いのが人事である。ならば人事で詠むとして、そこでまた次の分類を考えてみる。中分類である。具体的にいえば、年賀、賀状、御慶といった儀礼関係。お屠蘇、雑煮、数の子といった食品関係。初詣、若水といった風習関係。初電話、御用始、新年宴会といった社会関係。羽根つき、羽子板、凧あげなどの遊び関係。その中から何関係を選ぼうか、と考えてみる。私だったら遊び関係がいちばん性に合っている。ここではじめて、歳時記に並んでいる季語をあたっていけばよい。

いま、「双六」の一語がとくに目についた。双六といえばさいころが欠かせない。頭の中でさいころを振ってみる。いきなり、一の目と一の目、おッ、ピンゾロだ、だの、四の目と三の目で、シソウの半だ、などと、そんなものを連想するようでは困ったもんで、そういうやくざな連想は作句の足をひっぱる。頭の中で、一度振って何もイメージを結ばなかったら、二度三度四度と何度でも振ってみる。何回目かに、さいころが何かにひっかかって斜めにとまった。どちらの目をとったらいいのかわからないようなとまり方である。よくよく見れば(もちろん頭の中でだが)、何のことはない、双六の紙のたたみじわが山になっているところにひっかかっていたのである。これでできた。

たたみ皺に賽《さい》とまりけり絵双六　同

こんな経験、子供時分を思い出せば、だれしも一度や二度は心あたりがあるにちがいない。共通経験を詠むというのは強いのである。「絵双六」としたのは、単なる字数のつじつまあわせというだけではなくて、句に彩《いろ》どりを添えたかったからである。

——わたしのノウハウ、いかがでした？　すこしは参考になりましたか。一句が成るまでの、裡《うち》なる経過をできるだけ具体的に書いたつもりである。完成句がそれほどの句だとは思わないけれど、まずどこから手をつけたらよいのか、ということを考える上でのヒントぐらいにはなっていると思う。

ぐずぐず何かいっていると思ったら、なんのことはない。おしまいまで自慢話じゃないか、などという声がまたしても聞える。だから、はじめに断ったのよ、初心者以外は読んでくれるなって。

16　字づらの研究

とけてしまいそうなとろろあおいかな　滋酔郎

古都嵯峨野瀬戸内寂聴初硯　同

「とろろあおい」の句は前にも引用したので、こいつ、よっぽど得意なのだな、と思われては心外である。臆面もなく自作を冒頭に掲げたのは、俳句における視覚的効果、すなわち字づらの効果というものを考えてみたいからである。

すでに述べたとおり、「とけてしまいそうな」のほうは、向島百花園での矚目《しょくもく》句で、足元に咲いていたトロロアオイの花をやけくそになって見つめに見つめているうちに、ふっと浮かんだ句である。べつにどうということもない句だが、平仮名だけの表記が、トロロアオイ独特のやわらかな感じを伝えるのに多少の効果は出しているのではないかと考えている。

二句目のほうは、ただ漢字をそろえたというだけの句であって、自分でもいい句だなどとは思っていない。古都嵯峨野の「古都」が、いかにもまずい。漢字をそろえるために苦しまぎれにくっつけたもので、いわずもがなの二字である。句とはいえない句ではあるけれど、漢字ばかりを使った一種の言語遊戯としてのおもしろさ、とはいかないまでも、一瞥、おや、という感じが出ていればまあいいだろうと思って、瀬戸内さんに宛てた年賀状の余白に書き添えて出したら、いい句だわね、という返事なぞ全然なかったところを見ると、やっぱり駄句だったのだなと思う。

こうやって二句を並べてみると、視覚的な対照がくっきり目立って、おもしろそうだ、俺も一つ作ってみようか、とお思いのむきもおありだろうが、平仮名だけの句、漢字だけの句というのは、どちらも普通ではないわけで、普通でないものは、むやみに試みるものではないと私は考える。

わが「やなぎ句会」でいちばん最初に漢字俳句を投じたのは、忘れもしない、変哲こと小沢昭一だった。会報を繰ってみると、昭和四十四年五月、つまり第五回の月例句会で早くもこんな変体の句を作っている。

校長満悦洋裁学校潮干狩　　変哲

当夜の席題「潮干狩」に手を焼いて、苦しまぎれにひねりだしたんだそうだが、とぼけたユーモアがあってなかなかいい句である。「洋裁学校」が実にいい。句会でもこの句に人気が集中して、一句で高点をさらった変哲が優勝、けだし「変哲満悦」であった。その後しばらくのあいだ漢字俳句がわが句会で流行したが、校長満悦を凌駕する句は結局出ずじまいで、流行が終ったら、だれも漢字俳句なんか見向きもしなくなった。

漢字俳句の歴史は古い。

奈良七重七堂伽藍八重桜　芭蕉

うむ、おぬしやるな、といいたくなるような句だけれど、あまりにも技巧に走りすぎているると思わざるを得ない。

かたちはいいし、格調も高いし、雰囲気はいかにも奈良そのものだし、視覚効果に加えて、くちずさんだときの音感も微妙な効果を発揮している。どこから眺めても欠点が見いだせない、つまり、名句といってもいい句なんだろうが、再読三読、何かひっかかるのである。漢字並びのせいではなくて、理づめにすぎる組立てのせいではないか、と私は考える。

一代の皮肉屋斎藤緑雨に、こんな句がある。

月落烏啼霜満天寒さ哉　緑雨

漢文の教科書に必ず出てくる有名な漢詩で、作者はいわずと知れた——と書きかけたところで、はてと首をひねった。すっ、と名前が出てこないのである。杜甫だったか白楽天だったか、それとも陶淵明だったか、というふうに考えはじめると、ますます混乱して、ますます出てこない。この際、作者名をはっきりさせておこうと思うのだけれど、これが意外に厄介な作業で、ずいぶん無駄な時間と労力を費やして、やっとたどりついた。作者は唐の詩人、張継。思い出さないのがあたりまえである。そんな名前、おぼえてなんかいるわけがない。名前はおぼえていなくても、月落烏啼霜満天、の一句はだれでも知っている。そのだれでも知っている漢詩を、そっくりそのまま下敷きにして、緑雨はこう詠んでみせたわけだが、本歌取りをしてみせただけの、実につまらない句である。「箸は二本、筆は一本、衆寡敵せずと知るべし」と嘯《うそぶ》いた緑雨とも思えない駄句である。

曼珠沙華一二三本馬頭観世音　　寅彦

漱石門下の異才寺田寅彦の漢字句である。松根東洋城選の『新春夏秋冬』の入選句だそうだが、字づらのおもしろさのほかに、破調のリズムが、当時としては新鮮だったのだろう。

吉村冬彦の筆名や、寅日子の俳号も使っていた寅彦は、随筆家としても高名だったが、本業はもちろん科学者、それも一流の物理学者であった。書斎には、ローマ字でしたためた次の狂歌が、いつも貼ってあったそうである。

好きなもの苺《いちご》珈琲花美人

ふところ手して宇宙見物

ローマ字ばかりでそんな戯《ざ》れ歌を飾っていた寅彦だから、「曼珠沙華」の句も、その洒落っ気の延長線上で成ったものだと思われる。

時代がとぶけれど、久保田万太郎に次の句がある。

猫 遊 軒 伯 知 先 生 髯 日 永　　万太郎

まるで漢字パズルである。ただし、前書きがついている。パズルでいえば「ヒント」に相当するその前書きに「明治のおもかげとしてこの人わすれがたし」とあるのだが、ヒントがあっても、このパズル、若い諸君には解けないだろうな。

「伯知先生」は講釈師の名前である。松林伯知《しょうりんはくち》。猫遊軒《みょうゆうけん》とも称していた。明治の中ごろから時事講談で活躍したんだそうで、朝刊に載った事件や、号外で報じられた事件などを即席で一篇のストーリーにまとめて、その夜のうちに高座にかけることで人気を博したらしい。自慢の顎ひげをしごきながら、半分政治家のようなポーズをとって時局講談もよく口演したと伝えられている。昭和七年に、七十七歳で亡くなっているが、残されている古い写真を見る限り、美髯《びぜん》という感じにはほど遠い、しいて形容するなら、むさくるしいの一語に尽きるようなひげである。そんなむさくるしい「髯」と「日永」とどんな関係があるのか、などと理屈っぽいことを考えたり、「日永」ではなくたってべつにほかの季語でもいいじゃないか、などと意地悪なことをいったりするものではない。この句は字づらのおもしろさだけで成り立っている句なのだから。

漢字俳句よりも、むしろ平仮名俳句のほうで万太郎は多くの佳句を残している。仮名の扱いには相当自信があったようだ。

わらづかのかげにみつけしすみれかな　　万太郎
あきかぜにひるねのくせのまだやまず　　同

前句は平仮名が持つやさしさが、すみれの可憐な風情をうまく強調しているし、あとの句は、逆に一種の開き直りもしくは自嘲の思いが、平仮名だけを用いたことで、何がなし滲み出ているようである。

平仮名から立ちのぼる雰囲気と視覚的効果を、十二分に計算しつくしたような名句が、飯田蛇笏にある。

をりとりてはらりとおもきすすきかな　　蛇笏

「おもき」といっても、たかがすすきである。「をりとりて」とあるから、折ったばかりの、それも一本だけだろう。それでも豊かな穂がはらりと傾くのである。その手応えを、一個の重量として作者の手は感じ取ったのである。劃の正しい、すがたの美しい句である。試みに、この句に適当な漢字をあてて、漢字まじり句として書いてみると、平仮名だけを用いたこの句のよさがはっきりわかる。

折り取りてはらりと重き薄かな

原句と比べてみていただきたい。耳だけで聞くぶんにはまったく同じでも、字づらによってこうも印象がちがう。

短歌のほうでは、秋艸道人《しゅうそうどうじん》会津八一が平仮名づかいの名手で、「おほてらのまろきはしらのつきかげをつちにふみつつものをこそおもへ」「いかるかのさとのをとめはよもすがらきぬはたおれりあきちかみかも」といった万葉調の和歌を残しているが、作品の味わいもさることながら、第一流の書家でもあった八一の平仮名の書が、和歌以上にすばらしい。蛇笏のすすきの句を秋艸道人が散らし書きで揮毫《きごう》したら、さぞみごとな書幅が出来上がることだろう。

もうお気づきのことと思うが、平仮名の効用は、漢字のそれよりはるかに大きい。線がやわらかくて、容姿がやさしい。それでいて芯は強い。絶大な魅力と強烈なインパクトが同居している。いってみれば、絶世の美女そっくり。それだけに、美女には気をつけたほうがいい。深入りしすぎたら、ろくなことがない。次の句を見ていただきたい。

あざみあざやかなあさのあめあがり　山頭火

平仮名で統一した上に、徹底的に「あ」で頭韻をそろえたところが、作者としては得意なのだろうが、ここまで技巧におぼれると、魂胆みえみえ、あざとさだけの句というほかない。こんな頭韻遊びなら「神田鍛冶町の角の乾物屋の勘兵衛さんがかち栗買って……」と、とっくのむかしに子供たちが歌っているさ。

同じ平仮名の句でも、一字だけ、意識的に漢字を混入させると、全体の中でその文字だけがくっきりと浮き上って、強い効果を発揮する。そのテクニックに断然長じていた俳人ということになると、悔しいことに、やっぱり、またしても万太郎である。

あさがほにふりぬく雨となりにけり　万太郎

あさがほやまづあさあさの日のひかり　同

朝顔、といえば、夏、と反射的に答えたくなるところだが、季題としては秋である。万太郎のこの両句、秋の晴雨両態を描いた同工の句だが、「雨」の一字、「日」の一字が、それぞれ一句中の絶妙のアクセントになっている。

万太郎の句集の中から、平仮名だけの句をひろっていく作業をしているさいちゅうに、あ、と思った句がある。

うちてしやまむうちてしやまむ心凍つ　　万太郎

昭和二十年の冬、おそらくは二月の作である。悪夢のようなあの戦時中、時局について詠んだ句が万太郎にはほとんどない。稀にあっても、例によって市井の風俗、人情に転化させることで、おどろくほど矮小《わいしょう》化させた句ばかりである。国をあげての非常時に、こんな句ばかり作っていていいのか、と思うぐらいである。たとえば——

三月四日、非常措置令出づ。たま〳〵田中青沙と山口巴にて小酌
ぜいたくは今夜かぎりの春炬燵　　同

敗色すでに歴然たる昭和十九年の作である。前書きの日付を、しかとごらんいただきたい。「三月四日」である。世相年表で、あの年を繰ってみると「三月五日　高級料理店、カフェー、バーなど一斉閉鎖」とある。なんのことはない、それとばかりに駈け込んで、高級料亭最後の一夕を惜しんだのだろう。それより先、二月中旬には、ビヤホール、百貨店、喫茶店などが、そろって雑炊食堂に衣がえしているし、下旬には、食糧増産のために学徒五百万人を動員する計画が正式に決定している。配給制、切符制による食糧でさえ、食うや食わずで、だれもが塗炭《とたん》の苦しみを味わっていたあの時期に、料理屋の炬燵にまるくなって、ぬくぬくと酒を飲みながら「ぜいたくは今夜かぎり」もないもんだ。

その万太郎に「うちてしやまむ」の句があったことを知って、私は、ほう、と思った。何をかくそう、「撃ちてしやまん」で、私は育った。この言葉こそ、勝利をもたらす呪文なのだと本気で考え、本気で唱えた。小学生の身で竹槍の訓練もやったし、学童疎開の大広間では「米兵が上陸してきたら君たちもこれで戦うのだ」といわれて空手まで習った。「かはいや、空手まで習ふ」と万太郎だったら前書きにそう書いていたにちがいない。「うちてしやまむうちてしやまむ」は、あのときの呪文なのである。その呪文を、美しくもやわらかい平仮名だけで並べたあとに、いきなり「心凍《い》つ」とはすごい。ぐさり、とくる。万太郎唯一の反戦句といえるかもしれない。意地悪なことをいえば、反戦句というよりも、厭戦句といったほうが、万太郎の生活態度にはふさわしいかもしれない。

――漢字俳句、平仮名俳句は、字づら上の強力な武器である。でも、字づらというのは、それだけではない。考え得るすべての字づらを大切にすることが、作句の基本なのである。早い話が、一句のおしまいを「かな」で結ぶか「哉」で結ぶか、これは重大問題なのである。いまどきめったにおめにかかれない「哉」などという漢字を用いるのは、いかにもアナクロニズムのようにみえるけれど、それだけで、おッくれてるゥ、と若い人たちが鼻で笑うのは絶対に間違いであって、漢字の「哉」だからこそ醸し出される雰囲気というものがあるのである。

「凩」という文字がある。こがらし、と読む。なかなか読みにくい字で、たいていの人が首をかしげる。こんな字を使わなくても、「木枯し」というだれにでもわかる表記がある。だったら「凩」なぞという文字は、消滅したって一向にかまわないようなのだが、それはそういうものではない。

先年、東ドイツに赴いて、一と月ほど一人で滞在していた。たまたま、東独とポーランドの国境を見学しに行く機会があった。この国境は、「平和の国境」といわれるぐらい和気藹々《きあいあい》の、きわめてめずらしい国境なのだけれど、検問所の中で銃を片手に目を光らせている兵士たちの顔つきは、能面のような冷たさにおおわれていて、見ただけで、背筋がぞくぞくしてくる。よくよく見れば、私の息子といってもいいぐらいの若い兵士たちばかりなのである。まだうぶ毛が風になびくような坊やの顔に、人の心を見透すような、ガラス玉みたいな目がついている。視線が合っただけでこわくなる。たまたま私の訪独は十月から十一月にかけてのことだったから、平和の国境で兵士の目に怖気《おじけ》をふるったときには、寒風が頰に突き刺さるようであった。

凩　や　国　境　の　兵　は　稚　く　て　　滋酔郎

このときの見聞を中心にした『旅はプリズム』という紀行文集を何年か前に出して、人さまに差し上げる際には、扉に必ずこの句を書いたのだけれど、五人に三人、十人に七人ぐらいの割で、これ、何と読むんですか、と「凩」の字を指さすのが常であった。それほど通用しない字をなぜ使うのか。私には、はっきりとした理由がある。こういうことがらは、往々にして個人的な趣味嗜好の問題に属することを、あらかじめお断りしておく。私だって、ほんとは「木枯し」と書きたいのはやまやまなのである。にもかかわらず書きたくない理由があった。『木枯し紋次郎』というヒーローを覚えておられるか。ここのところが、まさに好みの問題なのだけれど、私は、むかしから時代ものがきらいで、なかんずく、やくざの時代ものときたら、全身に鳥肌が立つほどきらいなのである。くわえた爪楊枝をゆらゆらさせながら、いかにもきいたふうな台詞を口にするあのやくざ者のイメージが、「木枯し」の一語にしみついている。東独国境で詠んだせっかくの句に、あのイメージを持ち込みたくない。ただそれだけの理由で、不本意ながら「凩」の文字を、私はかたくなに用いているのである。

好みの問題というのはだれにもあることであって、たとえば、内田百閒は「鳧《けり》」という漢字を好んで用いている。

花野過ぎて紺屋の前に出でに鳧　百閒
干鮭をさげて俥に乗りに鳧　同
凩に狸の鼻の乾き鳧　同

「鳧」などという漢字には、いまやおよそ一般性がない。だいいち、パッと見た印象ではつまらなそうに端座している写真を見ると、まさしく梟そのもので、だから「梟《けり》」の字づらがお似合いなのかもしれない。

「梟《ふくろう》」を連想させる。もっとも、仏頂面をふくらませて目をぎょろりとむいた百閒先生が

17　ふりがなを考える

字づらの問題で、避けて通れないものに、ルビの問題がある。前書きは卑怯だ、と断じた百閒先生が、そのくせ自分でも前書きつきの句を残しているという話はすでに書いたが、前書き以上に避けたいのがふりがなだ、というのが私の基本的な考え方である。ルビは必要最小限度にとどめるべきである。絶対にルビをつけてはいけないというのではない。ルビなしでは正しく読んでもらえない字句で、しかも漢字を用いない限り意味が汲み取れなかったり、誤解を招いたりというような場合だけ、よんどころなくルビをつける。それが基本だと思う。私にもルビつきの句はいくつかある。

夏場所や貴人《あてびと》いよいよおんな猫背　滋酔郎
羅《うすもの》や一語の無駄もない女　同

前句が、やんごとないむきを詠んだ句であることは、おわかりいただけると思うが、

「貴人」と書いて「あてびと」と読ませるのには無理がある。だからといって、ここで天皇とか天子さま、という文字を用いてしまったら、一句の味はふっとんでしまう。天皇と書かずに天皇の姿が、くっきり浮かんでくるからこそ、おもしろいのである。夏場所や天皇いよいよおん猫背、というのでは、みもふたもない。そのために「貴人《あてびと》」という死語を苦心惨憺してさぐり当てた。さぐり当てたのはいいけれど、ただ「貴人」と書いたのでは、だれ一人正しく読んでくれる気遣いはない。だからこそルビが必要なのである。

第二句にしても同様である。羅生門の「羅」を「うすもの」と読ませるのは、もはや無理である。だから「薄物」と書けばよさそうなものだけれど、「薄物」というと、どうしてもストリップ劇場のイメージがつきまとう。平仮名だったらどうか。「うすもの」とくると、ストリップではないけれど、三保の松原の天女のイメージである。「羅《うすもの》」は夏の季語であって、絽《ろ》だの紗《しゃ》だの、そういうしゃっきりとした和服の総称なのである。つまり、由緒正しき文字がこの字なのだ。だから拙句の場合もこの文字を使わないわけにはいかない。しかし、人は読んでくれない。だったらルビにたよるしかない。

こういう「絶対必要ルビ」などというものは、そうそうあるものではない。あったとしても、なんらかの工夫をこらして、その言葉をルビなしでも通じる言葉にいいかえることが、大体において可能なはずである。すべての手だてをつくして、結局これしかないという一語にこそルビはつけられるべきで、事実そういう例は先人の句にいくらでもある。

蛍籠われに安《あん》心《じん》あらしめよ　波郷

「あんじん」は仏教用語である。悟りを開くこと、信仰が確立することによって心が安定すること、などと辞書には出ている。これをルビなしで「安心」と書いたら、百パーセント「あんしん」と読まれてしまうだろう。意味合いも、がらりとちがってくる。だからといって、漢字を使わずに「あんじん」と書いたのでは意味が汲み取れない。この場合のルビは、すなわち必然のルビである。まったく別の理由で、どうしてもルビを必要とするケースがある。『病中吟』の章ですでに一度引用している句だが、もう一度見ていただきたい。

又一つ病《やまひ》身に添ふ春寒し　たかし

〝病気の問屋〟といわれた松本たかしのこの句、「やまひ」というルビがなければ、ぱっと見た瞬間に「病身」というふうに目に入ってしまう。ここはどうしても、やまいみにそう、でなければ句が成立しない。

莫児比涅《モルヒネ》も利かで悲しき秋の夜や　紅葉

スケート場沃度《ヨード》丁幾《チンキ》の壜がある　誓子

この二句は、昭和初年の新興俳句流行の時期に評判になった句だそうだが、わざわざ小むずかしいそんな漢字をあてて、いまさらきどることはないじゃないか、という見方は、実は当を得たものではない。昔は、横文字に漢字をあてるのが当り前だったのだし、それを「きどり」というのであれば、俳句というものは、そもそもきどりを競う遊びなのだ。「モルヒネ」と「莫児比涅」の、視覚に訴える効果の微妙なちがいは俳句にとって重要な要素であり、そのどちらを選ぶかは、あくまで作者の自由裁量である。ということは、とりもなおさず、作者の言語感覚をテストするリトマス試験紙にほかならない。

こういう意味合いでのルビは、まだいい。問題は、安直、安易なルビに、ついたよりがちになる作句態度のほうである。たとえば、「夫」と書いて「つま」とルビをふったりするやり方。「夫」を「つま」と読ませることは、日本の詩歌ではもちろん許されている。それどころか、歴史的にみれば、むしろ、正統的用法といっていいかもしれない。だが、現代は「妻」の時代なのだ。「夫《つま》」という語法はどうしたって分が悪い。にもかかわらず、〝夫《つま》俳句〟はあとを絶たない。

炭挽きし汚れ夫《つま》には近づけず　山口波津女

ボーナスの遅れや夫《つま》は旅に在り　猿丸葆光

前句の波津女《はつじょ》は、山口誓子夫人である。あとの句の猿丸葆光《ほうこう》という作者については、申訳ないけれども私はなんにも知らない。名前の知名度はともかく、「夫」と書いて「つま」と読ませる便法が、私にはいまだになじめない。もちろん「夫」と書いてそのまま「おっと」と読ませてしまったら、俳句になりにくいことは認める。さればといって「亭主」では川柳になってしまうし、「主人」では家来の句になってしまう。このへんで、じっくり考えるか考えないかが分れ目である。どうしても自分の亭主に関することを詠みたいのだったら、「あるじ」という言葉がある。あるじ、という場合には「主」と書くのが一応の常識だろうが、それではおもしろくない。平仮名だけで「あるじ」と書くところに、いわくいいがたい味が出てくる。

「夫《つま》」よりも、もっと始末におえないのは、「亡父《ちち》」「亡母《はは》」「亡姉《あね》」といったルビのふり方である。「嫁く」と書いて「ゆく」とルビをふったり、「娘」と書いて「こ《こ》」とルビをふったりするのは、もういいかげんでやめたらどうだといいたくなる。あの娘かわいやカンカンむすめ、と唄いたくなるではないか。こういう無神経なルビのふり方は、俳句よりも流行歌の世界に蔓延している。「京の女《ひと》」だの「女《ひと》に逢う」だの、そんな句を詠みたかったら、カラオケにおじゃれ。

「母娘」と書いて「おやこ」と読ませたい場合はどうか。このいい方にはかなり一般性があるし、単に「母子」と書いたのでは、親の性別はわかっても子の性別がわからない。はっきりさせるために「母と娘かな」としてしまっては字数をくいすぎる。そうなると、やっぱり「母娘」と書いて「おやこ」とルビをふるしかない、と考えたくなるところだが、私の方針はちがう。私だったらあくまで「親子」という文字を用いたい。

「親子」と書いた場合の組み合せは次のとおりである。

父と息子。父と娘。母と息子。母と娘。全部でこの四通りしかない。だったら、「親子」と書いて、一句の雰囲気で、この四通りの中のどれであるかをわからせてこそ俳句ではないか。「親子」と書いて母と娘の姿がくっきり浮かび上るような句を工夫すべきだろう。

春着縫ふ爪のかたちも親子かな　滋酔郎

この句を得たとき、「親子」とすべきか「母娘」とすべきかずいぶん考えた。でも、私の主義からすれば、「母娘」と書いて「おやこ」と読ませるのは抵抗がありすぎる。裁縫の場面なんだから母と娘にきまっている。まさか、仕立屋の父子の句だとは思うまい、と考えて「親子」にきめた。

結局、ルビというものは、読み方を示すもので、意味を示すものではない。だから「青春」と書いて「はる」と読ませたりするのは、私は邪道だと考える。この手の俳句は実にたくさんある。「孤独《ひとり》」「郷里《くに》」「故郷《さと》」といった表現方法が、初心者の俳句にはむやみに出てくる。「郷里《くに》」などと書くぐらいなら、もう少し別な言葉はないかと模索してみることが大事である。「古里」「ふるさと」「在所」その他いくらでもいいかえが可能ではないか。それをついうっかりしてルビにたよるのか、それとも意識的に洒落のつもりでルビをつけるのか、いずれにしても、ルビがつくと俳句の品格が下がることは間違いない。

これを推し進めていくと、大正時代に流行した〝旧式ルビ俳句〟にたどりつかざるを得ない。どういうことかというと、たとえば、議事堂《ハクトウ》、雨音《ポタポタ》、といったルビのふり方をするのである。まるでひとむかし前の講談本や通俗小説にしょっちゅう出てきた「閑話休題《それはさておき》」である。こういうルビのつけ方を最初に考えついて、それをはやらせたのは、「号泣」と書いて「なげく」とルビをふった誰だったかの句に由来する。考案者の得意満面の表情が目にうかぶようだが、そんなやり方は、実は、とうのむかしに日本国政府が開発ずみである。

明治七年一月十八日、太政官布告第五号にこんなくだりがある。

海上衝突予防規則《かいじやうしようとつよばうきそく》《うみのうへつきあたりえうじんのきまり》

左右両側にルビをふっているところが新機軸である。こんなのもある。陸軍衛生法及救急法の第二編第四章「花柳病」にいわく——

鼠蹊淋巴腺《ソケイリンパセン》《モモノツケネノグリグリ》
接客婦《セツキヤクフ》《シヤウバイヲンナ》

親切といえば親切この上ないけれど、俳句には、絶対にならない。

18 擬声語について

ひらひらとおちるはっぱは池の上

私が生れてはじめて俳句というものを作ったのは、忘れもしない小学校二年生のときである。五七五で自然を詠むものだとおやじに教えられて、文字どおり指折りかぞえて捏《こ》ね上げたのが右の句である。あの頃、私はお習字を習っていて、どういう伝《つて》があったのか、りっぱな老先生が出稽古に来てくれていた。背後から抱きすくめられるようなぐあいに手を取られて、筆の運び方を一点一画教わっていると、首すじのあたりから降ってくる老先生の息がくさくて、年寄りというものはくさいものだ、と思ったことを覚えている。いつも和服を着て、おもおもしい咳払いなどをしていたその老先生が、私の「はっぱ」の句を見て、それを筆で書けというので、お手本を書いてもらって、半紙いっぱいに書いたら、老先生の主宰する書道新聞に凸版で掲載された。自分の名前と作物が印刷物になったのは、思えばあれが最初であった。子供ごころにうれしくて、大事にしまっておいたのだが、戦災で家ごと焼けてしまった。句のほうはいまでもはっきり覚えているのだが、どんな字を書いたのか、まったく覚えていない。小学校二年生のときにどんな字を書いていたのか、見てみたい気がする。

それで思い出すのだが、『佐藤春夫全集』の第一巻には、明治三十一年、春夫七歳のときの俳句が載っていて、自筆の短冊が月報に掲げられている。

まんざいや正月にならばぽっぽっと　　春夫

のびのびとした、なかなかいい字である。

子供に詩歌を作らせたり、子供の作品を教科書に載せて〝鑑賞〟させたりすることは、子供にとっても詩歌にとっても、百害あって一利もないのだから大反対である、というのは丸谷才一氏のかねての持論で、私もほぼ同感である。「子供らしいおどろき」とか「子供の感受性」とか「子供の自由な目」とか、そんなものを必要以上に持ち上げたり珍重したりする教育方針に、私も首をかしげてきた一人である。早い話、私の〝処女句〟にしたって、五七五をみたしているというだけで、そこには何の詩ごころもなく、俳句にも歌にもなっていない。お習字の新聞に載ったあと、子供ごころに「はっぱ」という言葉がいかにも幼稚っぽく思えたので、自分で「花びら」と添削したことをおぼえているが、「はっぱ」のほうがまだましである。生れてはじめて作った俳句ということで、自分にとっては忘れかねている句だけれども、こうやってぬけぬけと公開するようなしろものでないことはもちろんである。それをあえて冒頭に示したのは、超初心者がはじめて句を作ろうとすると、「ひらひらと」といったようないわゆる擬声語がまず浮かびがちだ、という見本を示したかったからにほかならない。

擬声語には万人共通の、それだけに陳腐きわまりないイメージが内蔵されている。何かを形容したいときにとりあえず便利であるため、その便利さにひっぱられて、初心のうちはつい擬声語にもたれてしまう。擬声語にもたれて何がよくないのかというと、一つには、たった十七字しか使えない俳句という器の中で、「ひらひらと」で五字費やしてしまうのは非常な無駄である。言葉の経済性からいってきわめて不経済であるばかりでなく、一句全体の調子が冗漫になりがちである。さらによくないのは、擬声語のもつ陳腐性である。私は数年前からある婦人雑誌の委嘱を受けて俳句の選者をつとめているのだけれど、毎月束になって届く投稿句に目を通していると、擬声語の弊というものをつくづく感じないわけにはいかない。

吾子《あこ》、とくれば必ず「すくすく」育つのである。雨は春雨だろうが梅雨だろうが必ず「しとしと」と降るし、雪は「しんしん」としか降らないし、カンナの花は必ず「めらめら」で、それもカンナの場合に限り「咲く」のではなくて、なぜか必ず「燃える」のである。

異口同音に、といいたいが、これではまるで同口同音である。発想が固定化していることの種の擬声語を用いると、それだけでとたんに一句が古くさくなること妙である。

擬声語というものはもともと品のないもので、散文でもできるだけ避けたいぐらいである。最近の若い人の文章を読むと、擬声語、それもことさら片仮名を使った擬声語が氾濫している。あれが新しいのだ、などと思っているのだったら、心得ちがいもはなはだしい。

もっとも、逆手をとって擬声語だけで詩を作ったりする例もないことはない。「るるり／りりり／るるり／りりり……」の繰返しに終始する草野心平氏の蛙の詩なんかはその代表例だろうし、海の向うでも、フランスのピエール・ビロオという詩人に、『航空機《アヴィヨン》』と題する全編擬声語《オノマトパエ》で成り立つ作品があって、「vrron——on——on——on——on/vrrr vrrr vrrr/hihihi/ouououitt ouououitt……」などという人を馬鹿にした文字が並んでいる。ビロオという男がこの詩（?）を文芸誌に発表したのは一九一七年である。ということは大正六年で、ちょうど時を同じくして、俳句のほうでも奇怪な句が生れている。虚子門下で、大正九年に三十一歳で早逝した原月舟《げっしゅう》が、「写生は俳句の大道であります」と主張してこんな句を詠んでいる。

リリリリチチリリリチチリリと虫　　月　舟

座興の戯《ざ》れ句、というのであればまだ救いもあるが、当人は純客観写生の極致のつもりなのだから始末におえない。写生の緻密さと大胆な詠み口に目を洗われた、と評価している俳人もいるけれど、私は全然認めない。落語の『雑俳』の中で知ったかぶりの御隠居がとくとくとして披露しそうな、おふざけ句にすぎない。はっきりいって、げてもの俳句である。

擬声語のことばかり問題にしてきたけれど、擬態語についても同じことがいえる。「にこにこ」だの「とぼとぼ」だの「ゆらゆら」だの、そんな安直かつ手垢にまみれた言葉は一切使わないと、とりあえず決めておいたほうがいい。とくに擬声語や擬態語を片仮名で書くことは避けたい。もともと品のないものが、ますます品下がるからである。以上の大原則を踏まえた上で、ここぞというところでよくよく吟味した擬声語、擬態語を使えば、すばらしい効果を発揮する。ぴたりと決まれば、有力な武器たり得るのである。

　　鳥わたるこきこきこきと罐切れば　　不死男

この一句で「擬音の不死男《ふじお》」と呼ばれるようになったほど有名な秋元不死男の句である。昭和二十一年十一月の作だそうだが、その制作年月を抜きにしてこの句を味わうことはできない。敗戦直後のこの時代、罐詰は金塊にひとしい貴重品だったのである。胸がわくわくするような新しい罐詰にぶすりと罐切りの先を押し込んで、ゆっくりと切っていくときに、なるほどこきこきこきという音がする。その瞬間の新鮮な感動、こればっかりはあの時代を経験した者でなければわかるまい。

なぜ「罐切れば」なのだ、罐を切ったから鳥がわたったのか、全然関係ないじゃないか、と思われるむきもおありかと思うが、俳句ではこういう技法が許されているのである。例の、柿くへば鐘が鳴るなり法隆寺、という子規の句にしても、文法的には、柿を食べたために鐘が鳴り出したのだ、と読めるわけだけれど、あれだって、柿を食べていたときに、たまたま鐘が聞えてきたという句意にすぎない。不死男のこの句にしても、罐を切る動作と、鳥がわたってくる現象との間に、因果関係は何もない。こういう季語の置き方を「取合せ」というんだそうである。でも、不死男のこの句の配合は、必ずしもベストだとは思えない。同じ秋の季語の中に、もっとぴったりくる言葉がいくらもありそうな気がしてならない。

不死男の「こき〳〵」と並んで、西東三鬼に「ガバリ」で知られるたいそう有名な句がある。

水枕ガバリと寒い海がある　　三鬼

単によく知られた句というだけではなく、名句としての誉れが高い。西東三鬼は昭和三十七年四月一日、胃癌のため六十二歳で亡くなっている。エイプリルフールに死んだので、三鬼はほんとに死んだのかといわれそうだが、この水枕の句は死期せまった時期の作ではない。昭和十年の冬、肺結核の急性症状で連日四十度の高熱が続いていたときに、なかば夢幻の境をさまよっているうちに、「ひらめきながら到来した」と三鬼自身が書いている。自伝的エッセー『俳愚伝』の中で、「この句を得たことで、私は、私なりに、俳句の眼をひらいた」と書いているところを見ると、三鬼にとっても忘れ得ぬ自信作なのだろう。ゴム製の水枕に頭を乗せていると、何かの拍子に水がぐらぐらして、耳元でびっくりするほど大きな音を立てる。まさに「ガバリ」と聞えるその音に、寒い海を感じ取ったのである。

擬声語はなるべく使うな、とくに片仮名は避けろ、というのが私の基本的な考え方なのだけれど、この句の場合は、例外中の例外である。ためしに、水枕がばりと寒い海がある、と平仮名で書いてみればわかる。平仮名では感じが出ない。

たまたま目についたのかもしれないが、川端茅舎には擬声語や擬態語を用いた句が多いようだ。

一聯の露りんりんと糸芒　　茅舎
自然薯《じねんじょ》の身空ぶるぶる掘られけり　　同
誰か来るみつしく／＼と雪の門　　同
しんしんと雪降る空にとびの笛　　同

「みつし〱」はなかなかおもしろいが、同じ雪の句でも「しんしんと」はちょっとお手軽に過ぎるようである。

変ったところで、次の二句がある。

チチポポと鼓打たうよ花月夜　たかし

ばらりずんと泰山木の花崩る　草城

前句の「チチポポ」は耳慣れない言葉だが、能楽用語としてはごく普通に用いられているらしい。宝生流名家の出身である作者だけに、さすがに堂にいった句である。チチポポの軽みと、打たうよの「よ」の語尾の結びつきがいい感じを出している。「花月夜」という季語（春）の選択も的確である。

第二句の「ばらりずん」は意表をつく表現だが、あまりにも大時代にすぎておもしろくない。チャンバラ映画そこのけのこの一語のために、一句のバランスが崩れて、あたまでっかちになってしまっている。泰山木の落花の景を見つめて「ばらりずん」の一語を発見したところが作者のお手柄、というようないいまわしを俳句の世界ではよくするようだが、お手柄、というまさにそこのところが鼻につくのである。

擬声語、擬態語の使い方は、実にむずかしい。高名な俳人の句でも、これは、というような使い方をしている句は少ない。

はたはたと蛇のぬけがら吹かれけり　　鬼城

世の中で私のいちばん嫌いなものが蛇である。小さな山棟蛇《やまかがし》を見ても足がすくむ。こわいというだけではなく、生理的に受けつけない。ズボンのベルトや時計のバンドを買いに行って、こちらはヘビでございます、といわれただけで放り出したくなる。文章の中に「蛇」という字が使われているだけで、そこがにょろにょろと見えてきて、あわてて目をそらす始末である。それぐらい蛇嫌いの私が、この句はすばらしいと思う。大嫌いな蛇の脱け殻なんかしげしげ見たことはないし、もちろん、手に取ったことなんか一度もないわけだけれど、それでも想像はつく。蟬の脱け殻のつながったやつだと思えばいいんだろう。鼻息でもふわっと持ち上がるぐらい軽い脱け殻が、風に吹かれてははたとなびいている情景は、十分目に浮かぶ。だいっ嫌いな蛇といえども一個の生命体であり、きのうまで宿っていたその命が脱け出ていったあとも、蛇のかたちそのままに風に吹かれているというところに、何ともいえない風情がある。

歳時記を見ると、「蛇の衣《きぬ》」という詠み方もするらしい。そんなふうにいいかえられると、ますますもって気持が悪い。くわばらくわばら。

19 俳号のつけ方

今日から俳句をはじめようと一念発起した人が、作句にとりかかる前に、とりあえず俳号を決めておこう、と思う気持は自然である。だから、たいていの人は、一句を考える前にまず俳号を考える。すなわち、最初の創作作品が自分の俳号なのである。

江國滋、という名前に私は責任を持たない。たまたま「江國」の家に生れ、親が勝手に「滋」と命名したのであるから、そこに私の意思は寸毫《すんごう》も働いていない。私自身では、江國という姓も滋という名前も気に入っているのだけれど、人さまがいやな名前だとお感じになるのはご自由で、それについて私は責任のとりようがない。だが、「滋酔郎」となると話は別である。遊び仲間が寄り集まって、ひとつ句会でもはじめようかと相談した十五年前のあのときに、自分の意思でつけた俳号なのだから、これについては全責任が自分にある。だんだんその俳号が鼻についてきて、飽きがきたからといって、だれを恨む筋合いでもないのだし、いやらしい名前をつけたものだと人さまに思われているようだったら、弁明の一つもしなければならない。私の場合は、深い考えあっての命名ではない。お酒が好きで好きで、毎晩酔っぱらっているもんだから、本名の下に、いちばん身近なその一字をとりあえずあてがってみたものの、「滋酔」だけでなんとなくすわりが悪いと思ったので、「郎」の字を加えたというだけの話である。亡き辰野隆先生が、俳号というより雅号の感じで「隆酔郎」と名乗っておられて、じじいになったら「郎」を「老」に変えるんだ、といっておられた。晩年の先生から頂戴したご本の扉には、そういえば「泣くが厭さに笑ひ候　隆酔老」といったご署名が、よくあった。そのことが、あるいは意識下にあったのかもしれない。私も、いずれ時がきたら、滋酔老に変えようかなと考えているものの、「郎」を「老」に変える境界線というか、しおどきというか、その日を自覚するのが容易なことではなさそうである。

人間、偉くなってしまえば名前はあとからついてくる、だからどんなへんてこりんな名前をつけようがかまわない、というのは、偉くなった人たちの論理であって、名前があとからついてくるほど偉くなる人間なんて、何万人に一人である。そんな天才の論理にだまされてはいけない。われら凡愚の場合はそうはいかない。うっかりへんてこりんな名を名乗ったら、一生たたるのである。

俳号の決定は最初の創作活動だ、とはじめに書いたけれど、大体において、若い時分につけるのが普通で、若い時分というのは、えてして奇を衒《てら》ってみたり、変な洒落っ気に自己満足をおぼえてみたり、ひとりよがりのネーミングで粋がってみたりする通有性があるもので、そのときは得意満面でも、あとで後悔することがあるから、これから俳号を考えるという諸氏諸嬢には、石橋を叩くような慎重さでお決めなさい、と申上げておく。

若気の衒気《げんき》でつけてしまった俳号が、あとになっていやでいやでたまらなくなっても、そう簡単に変えるわけにはいかない。仲間うちで認知されている以上、すでにその俳号はひとり歩きしているからである。そうなると、よしあしとは別に、固有のイメージなり風格なりも生じてくる。そういうものに未練さえなければ、自分の名前だもの、改名もとより自由である。

荻原井泉水《せいせんすい》は、はじめ「愛桜《あいおう》」と名乗っていたが、碧梧桐の新傾向俳句運動に身を投じたときに「井泉水」と改めている。あれだけ偉くなってしまったら、だれもなんにもいわないけれど、こっそりいわせてもらえば、あれは改悪である。だいいち、井泉水と書いて「せいせんすい」なんて、読めないじゃないか。愛桜のほうがずっといい。碧梧桐が俳壇に及ぼした悪影響は、俳句のみならず、俳号にまで及んでいたのかと思う。

もっとも、井泉水に限らず、専門俳人の多くは一生のうちに、一度や二度は俳号を変えているようである。あの芭蕉にしても、はじめの俳号は「宗房」であり、のちに「桃青」と改め、別号として「杖銭子」「是仏坊」「泊船堂」「無名庵」「蓑虫菴」「風羅坊」「釣月」などの名前も用いていたりして、天和元年（一六八一）、三十八歳ではじめて「芭蕉」と号しているのである。俳風革新を期しての改名であったことはいうまでもない。

俳号変更の動機は、それまでの俳号がいやになった場合と、心機一転、新しい作風に挑戦する意欲の表明である場合と、おおむねこの二つのケースが普通だと思われる。そのどちらでもないのに、わが「やなぎ句会」の永六輔は、十年も使い慣れてきた「並木橋」をあっさり捨て去って「六丁目」と改めた。理由はすこぶる簡単。句会発足時に、渋谷の並木橋に住んでいたから「並木橋」——住居表示をそのまま俳号に転用するなどという不精なことをしたもんだから、五、六年前、同じ渋谷区内の神宮前六丁目に引越したときに、いやおうなく「六丁目」と変更せざるを得なくなったのである。これからも、引越しをするたびに永六輔は俳号を変えなければならない宿命にあるわけである。万一、「六丁目」が俳壇で重きをなすようになったら、うかつに引越しもできなくなる。思えば不便な俳号のつけ方をしたものだけれど、でも、こういう発想はおもしろいと思う。へんにきどったり、凝り過ぎたり、奇を衒ったりしている俳号より、このほうがずっとアカぬけている。大田区洗足池公園の近くにお住まいの戸板康二氏が、洗足池にちなんだ「洗亭」と号しておられるのなぞは実に洒落た俳号である。

ことのついでに、句会仲間の俳号を、いくつかひろってみる。神吉拓郎は「尊鬼」と号している。尊い鬼だなんて、よくまあ自分でぬけぬけとつけたものだと思われるかもしれないが、タネをあかせば、なーんだ、というようなものである。姓は神吉、すなわち「カンキはソンキ」（短気は損気）という駄洒落にすぎない。いまとなっては、字づらに風格さえおびてきて、そそっかしい人が見たら、三鬼の先生かと一瞬錯覚するんじゃないか。桂米朝が「八十八《やそはち》」と名乗ったのは、米朝の「米《こめ》」の字を分解したら八十八になるからで、理づめのネーミングがいかにも米朝好みである。柳家小三治の「土茶《どさ》」については、ドサマワリの「どさ」のことだと全員が考えているのに、本人にいわせると「一茶」の再来という意味合いなんだそうだから、あいた口がふさがらない。競馬競輪麻雀花札、賭け事ならまかせておけという天性のギャンブラー大西信行の「獏十《ばくと》」が「博徒」の洒落であることはすぐわかるけれど、わからないのは永井啓夫の「余沙」である。見ためもきれいだし、「よさ」という響きも耳に快い。やなぎ句会きっての碩学《せきがく》のことだから、いずれは深いいわれあっての命名だろうと思って、ことあらためてだれもたずねなかったのだけれど、句会がはじまって二年もたった某日、何かのはずみで、夫子自身の口から真相がとび出した。

「家内の名前が富子っていうんです。ですからね、お富与三郎の与三《よさ》……」

これで日大教授なのである。謹厳篤実、句会の尊敬を一身に集めている人だけに、ぽろりとこぼれたこのひとことには、一同啞然とするばかりであった。

仲間うちの話はともかくとして、もう一度俳壇を眺めてみる。

近代俳句史に燦然として輝く「4S時代」という言葉がある。秋桜子（水原）、青畝（阿波野）、素十（高野）、誓子（山口）という『ホトトギス』四天王の頭文字をとって「4S」

と称揚したのである。大先達四氏の俳号のいわれについては、知るところがないが、これだけの大御所となったら、どんな名前がついていようが、ぐう、ともいわせないだろう。でも、この四氏が、偉い人でも何でもなくて、それどころか、これから俳句をはじめようという人だったとしたら、それぞれの俳号、どう受けとめられるだろう。

青畝、これはまず読み方がわからない。一瞥、心当たりといえば、畝傍《うねび》山の「うね」ぐらいのものである。青い畝《うね》と書いて「せいほ」と読ませるのは無理がある。読めない名前というのは、親から授かった名前ならいたし方ないけれど、みずから名乗る場合には損ではないか、ならば、素十と書いてなんと読む。まず、十人中八人までは「そじゅう」だろう。どっこい、これが「すじゅう」なのである。「方丈の大庇《おほひさし》より春の蝶」の名句で知られる素十は、若き日、独逸ハイデルベルク大学に学んだ法医学の泰斗《たいと》で、昭和五十一年、八十三歳で生を了えるまで、悠々たる一流の人生を全うした俳人だが、素十と書いて「すじゅう」だなんて、先生、ずるいや。

さらに問題なのは、あとのお二方の俳号である。ぱっと見て、男か女か迷うじゃないか。山口誓子氏の本名は「新比古《ちかひこ》」とおっしゃるんだそうで、ルビでおわかりのとおり、「新《ちか》比《ひ》」は「誓ひ」に通ずる。したがって、この俳号の由来は「誓《ちか》ひ子《こ》」なのだろうと拝察する。「清」イコール「きよし」イコール「虚子」という大先生の例もあることだし、そ知らぬ顔で本名を名乗るというのもなかなか洒落ているけれど、「子」の字がつくから世人を不必要に惑わせる。これが秋桜子とくるとなおさらである。「秋桜」と書いて「コスモス」と読ませることはご存知のとおりである。可憐なコスモスのイメージに加えて、下に「子」の字がつけば、知らない人なら、女の名前だと思うのは当然ではないか。秋桜子には、もう一つ「喜雨亭」という俳号があったそうだが、そっちのほうがよかったのではないか。少なくとも雌雄の別だけはわかる。

こんないいがかりは、いまだからいえるのであって、むかしは俳号といえば「子」でとめるのがむしろ普通だったのである。岩谷山梔子《くちなし》（乙字門、昭和十九年、六十歳で没）、楠目橙黄子《とうこうし》（虚子門、昭和十五年、六十一歳で没）、安斎桜磈子《おうかいし》（碧門、昭和二十八年、六十八歳で没）、大橋桜坡子《おうはし》（虚子門、昭和四十六年、七十六歳で没）といったあんばいに目白押しである。おしまいの桜坡子という人は、女流俳人大橋敦子女史の父君で、『ホトトギス』同人として活躍した関西俳壇の雄であるが、フルネームで呼んでみると「おおはし・おおはし」という畳語になっている。季重なりというものが俳句にあることは知っていたけれど、名前重なりがあるとは知らなんだ。

俳号というものは、最終的には、おのれの趣味の反映にほかならないわけだが、その前提として、時の流行というものも無視できない。昭和五十九年のいま、いちばんナウい職業がコピイライターで、そのコピイライターの頂点に立つ人物が「萬流《まんりゅう》」と号しているから、人気者にあやかって、われもわれもと「千流」「百流」「十流」などと名乗るのは考えものである。千、百、十、などは屁の役にも立たない。「一流」なら、話は別ですけれどね。

無難な命名を望むのであれば、草花の名前をそのまま借りてくればいい。何を持ってきても一応さまになるし、人にもわかりやすい。とはいうものの、わかりやすければいいというものではない。「八重桜」などというのは俳号としてどうかと思うが、実際にそういう俳人も存在していた。広江八重桜（碧門、昭和二十年、六十六歳で没）というお名前が俳句事典のたぐいに載っている。そこへいくと「吾亦紅《われもこう》」などという俳号はきれいだし、印象に残るし、なかなかいい命名だと思う。読めないことでは「青畝」とおんなじじゃないか、と若い人なら口をとがらせるだろうが、これぐらいの漢字は、日本語の常識なんだよ、お若いの。この号を名乗っておられる米沢吾亦紅氏は、『馬酔木《あしび》』の同人で、俳誌『燕巣』を主宰する関西俳壇の重鎮である。「烏瓜鮮かにして枯れゆくも」という句があるけれど、「烏瓜鮮か」ときて署名に「吾亦紅」とあったら、色彩効果抜群である。

署名にとどまらず、自分の俳号や名前を一句中に詠み込む場合がある。

木瓜《ぼけ》咲くや漱石拙を守るべく　漱石
初空や大悪人虚子の頭上に　虚子
かんすけの南瓜なりけり畑十坪　中勘助

鷹の目は青畝を凝視せざりけり　青畝

四句ともおもしろい。とりわけ「かんすけ」とことさら平仮名を用いた『銀の匙』の作者の句は、視覚効果と聴覚効果が合体して、一種ユーモラスな雰囲気を漂わせている。おのれの名前を一句に詠み込むと、どこかとぼけた味が出るようである。

とはいうものの、それも状況によりけり。第十二章『病中吟』でご紹介ずみの次の一句なぞは、とぼけた味だなどとはとてもいっていられない。

咳暑し茅舎小便又漏らす　茅舎

凄絶悲愴、切羽詰まった句としかいいようがない。しかも、これだけ悲惨な状況を詠みながら、なおかつ、どこかに一抹の滑稽味が漂っていることもまた事実である。

自分の名前を詠み込んだ句を、私も一句は詠んでみたいとかねがね考えてはいるのだけれど、滋小便又漏らす、だけは絶対に詠みたくない。

いきなり飛躍するけれど、私は占いというものをまったく信じていない。信じていないどころか、ほとんど憎んでいる。したがって、姓名判断なぞというものは唾棄すべきものだと信じているのだけれど、ここに二つの俳号がある。「不死男」と「不器男」である。前者は、前にも引用した「こき〳〵と罐」を切ったあの秋元不死男である。後者は、昭和初年の俳壇を駈け抜けた天才と称えられる芝不器男である。みずから不器用な男であると宣言した不器男は、昭和五年に二十六歳の若さで亡くなっている。俺は不死身だと豪語しているような俳号をつけた不死男は、昭和五十二年、七十五歳で亡くなっている。姓命判断なぞ、爪の垢ほども信じていない私にしたって、へえッ、と思わざるを得ない。

虚子門下で、昭和二十三年に六十七歳で亡くなっている俳人に清原枴童《かいどう》とおっしゃる方がいる。この俳号を一瞥して何を思い浮かべますか。私は、一瞬、児童誘拐犯人、営利誘拐罪、といった言葉を思い浮かべてしまった。俳句にとって、字づらは無視できない重大要素である、と前に書いたけれど、俳句だけではなく、俳号を考える場合にも、字づらの印象は大事なのである。

こんなところで引き合いに出すのは、おそれ多い話であるけれども、たとえば飯田蛇笏という御名前。「蛇」という一字を見ただけで、全身に鳥肌が立ってすっとんで逃げたくなるほど私が生理的な蛇嫌いであることは前にも書いたが、そんな蛇アレルギーの私だから、この俳号を見るとそれだけでおしっこがちびりそうになるほど顫え上ってしまう。だから、いまだに「蛇笏」の二文字に接すると、反射的に「ダコツ（蛇蝎《だかつ》）のごとく」と呟きたくなってしまうのである。

20　芭蕉になってみる――句風の確立

　なんでもいいから、とにかく作ってみることだ、と私は繰返し述べてきた。「作る」という言葉にさえ重圧を感じてしまうとおっしゃるような、うぶというか、ういういしいというか、極度に引込み思案のお方には、こう言いなおそう。なんでもいいから、十七文字に言葉を押し込むことからはじめなさい。つまり、ジグソー・パズルの、もっともシンプルなやつだと思えば、まったくどうってことないはずである。複雑精緻をきわめる絵柄で、しかも七百ピースだの千ピースなどという気が遠くなるような、偏執狂的、天文学的順列組み合せのことを考えてごらんなさい。十七文字の言語パズルなんて、ちょろいもんよ。こういう言い方が不遜であることは、いうまでもない。俳句をなめている。なめきっている。その上で、あえて申上げる。

　それぐらいなめてかかるのが、俳句に親しむこつである。あたまからなめてかかって、それで生涯なめっぱなし、などという人がいたら、そんな唐変木は論外であって、まずふつうの人間なら、はじめになめてかかっても、たちまち、それがとんでもないあやまりであったことに気づくときが、かならずやってくる。それまでは、人さまの句なんぞどうでもよろしい。人の句を読むひまがあったら、一句でも二句でも自分の句を詠んだほうがいい。

おや、俳句というものは、まだこの先きがあるらしい、なめてかかったりするのは、とんでもないことだ、というようなことを、うすうす感じはじめたら、今度は、詠むより読め、である。

この段階からは、人さまの句を一句でも多く読むことが、何よりの勉強になる。

人さまの句、すべてこれ「師」也。ただし——

師に二種あり。

「教師」と「反面教師」である。

ここのところが、俳句とあそぶ法の、最大のポイントだと私は考える。

どちらの教師の句も大いに勉強になるわけだけれど、より勉強になるのは、むしろ後者、すなわち反面教師のほうである。

どの句が教師で、どの句が反面教師なのか、という規準は、もちろんない。こういう句だけは絶対に作るまい、と私が自分にいいきかせている同じ句について、ああ、こんな句を詠めたらなあ、と考える人がいても、すこしも不思議はない。だからといって、たとえば、ついきのうまで深夜放送の箸にも棒にもかからないディスクジョッキー番組にうつつを抜かしていた坊やたちが、あの幼稚な笑いのセンスと、醜悪無知な言語感覚をそのまま俳句に持ち込んで、この句は教師、この句は反面教師、などといいだしたりしたひには、えらいことである。

ある段階に達したら、と書いたのは、そこいらのことも関係している。で、ある段階に達したとして、そのつもりで歳時記を繰ってごらんなさい。なるほど、と思い当る句が、かならず出てくるはずである。私の反面教師は、たとえばこんな句である。反面教師であるからして、作者名をご紹介するわけにはいかない。

木枯しに強盗を思ひすぐいましむ

こんな句が、歳時記に堂々と載っているのである。そりゃね、日本国憲法が、思想信条の自由を許していて、その中には妄想の自由も含まれていることはたしかだけれど、いくらなんでもこの句はひどすぎる。誤解される前に、あわててお断りしておくのだが、強盗願望がけしからん、というのではない。私だって、強盗はおろか、あの野郎、ぶっ殺してやりたい、と思った人間もいるし、藁《わら》人形に五寸釘を打ち込んでやりたいと呪った人間もいる。胸中ひそかにそういう物騒なことを考えるのは、妄想の自由の範囲内である。ただし、そいつを口に出してはいけない。ましてや、俳句にそれを託すのは言語道断だ、と私は思うものである。

これもお名前はあえて伏せておくけれど、高名な女流俳人にこんな句がある。

かくれ逢ふ聖樹のかげをエホバゆるせ

「聖樹」は、いわずと知れたクリスマスツリーのことで、「エホバ」は万物の創造主とされている旧約聖書の花形である。これを要するに、詠んでいるのは聖夜《ホーリー・ナイト》で、やっていることといったら不倫の恋にほかならない。この作者には、次のような句もある。

すけといふは女の隠語狸汁

目刺やく恋のねた刃を胸に研《と》ぎ

女はこわい。

もう一度繰返しておくけれど、私が、うす汚ない密会の句だと思う「エホバゆるせ」の一句を、人間性のほとばしりだ、と絶讃する人がいても不思議はない。それどころか、客観的にみれば、私のほうこそ、芸術鑑賞の落ちこぼれなのかもしれない。現に、日本を代表する大批評家が「男では詠むことのできない、女性の純粋情念を、率直、ひたむきに吐露している」という意味合いの讃辞を呈しているし、一連の情念俳句によって、この女流俳人は俳句賞も受けている。たぶん、私の見方がまちがっているのだろう。それは、いさぎよく認めよう。認めた上で、しかし、好き嫌いは別である。嫌いなものは嫌いなのであって、はたからとやかくいわれる筋合いはない。

いい悪い、という価値判断と、好き嫌いの個人的嗜好は、まったく別の次元に属する。したがって、どれほど世評高かろうと、嫌いなものは嫌いだ、と言い切る勇気が、俳句修業には必要だと私は考える。百万人といえども我往かん、というぐらいの気概をもって、先人たちの句を、好きと嫌いで分類してみる作業を、ぜひおすすめしたい。

私の場合をお目にかける。

〈好きな句〉

菊の香や奈良には古き仏たち　芭蕉
大根引き大根で道を教へけり　一茶
元日や一系の天子不二の山　鳴雪
元日の袴脱ぎ捨て遊びけり　碧梧桐
叩かれて昼の蚊を吐く木魚哉　漱石

のどかさに寝てしまひけり草の上　東洋城
流れ行く大根の葉の早さかな　虚子
倒れたる案山子《かかし》の顔の上に天　三鬼
秋袷育ちがものをいひにけり　万太郎
箸先にまろぶ子芋め好みけり　古郷
元朝の父こまごまと侍《かしづ》かれ　東門居

これが私の、つまり好みなのである。どうして？　なぜ？　そんなことをたずねるのは無意味というものである。好きなものは好きなのである。なぜ、河豚《ふぐ》は好きで、鮟鱇《あんこう》は嫌いか、といわれても困るではないか。しいて答えるとすれば、まあ、おしまいの永井龍男氏の「父こまごまと侍かれ」の一句は、わが願望そのものだからだと、自分でも思わないわけではない。一生に一度でいいから「こまごまと侍かれ」てみたいもんだ。

さて、問題の反面教師、つまり、嫌いな句をひろい出す作業である。「鉄鉢の中へも霰」（山頭火）だの、「わが顔ぶらさげてあやまりにゆく」（放哉）などという句は、私にとっては論外であって、こんなものは、好き嫌い以前の寝言だと思うから、対象にはしない。いま取り上げようとしているのは「俳句」なのである。

〈嫌いな句〉

一家に遊女もねたり萩と月　芭蕉
藤の花あやしき夫婦休みけり　蕪村
やれ打《うつ》な蠅《はへ》が手をすり足をする　一茶
ふとん着て寐《ね》たる姿や東山　嵐雪
起し絵の男を殺す女かな　草田男

なぜ嫌いなのかという理由を説明する必要も、さっきと同じ理由で、まったくない。自分一人でこの作業をしているのだから、だれに遠慮がいるものか。でも、私の場合は、書いてしまったのだから、せめて一句ぐらいは、釈明の要があるかもしれない。子供でも知っている一茶の「やれ打な蠅が手をすり」が、なぜ嫌いなのか。蠅といえども生あるものなんだから、むやみに殺生してはいけないよ、というかまとと思想を、もろにそのまま句に託しているところがいただけない。いうなれば「俳句の武者小路実篤」である。「我は我、君は君、されど仲良し」なぞという歯の浮くような人生訓に添えて、へたくそな絵をぬたくっていたあの人の色紙が、私は身顫《みぶる》いするほど嫌いなのである。

世間の評価だとか、人さまの思惑だとか、そんなものには一切とらわれずに、過去の名句をさらってみて、自分の肌に合う句と合わない句とに分ける作業を続けていくうちに、なんとなく、自分に合った句風というものの手応えが感じられてくる。芭蕉の句に合う句があったら、とりあえず芭蕉になってみることである。子規の句に共感をおぼえたら、子規になってみるのである。その立場に身を置いて、似かよった調子の句を作ってみる。いうなれば、声帯模写を試みるわけである。実際に、声帯模写をしてみたら、やっぱり自分の肌には合っていなかった、というようなことも含めて、経験を重ねていくうちに、自分の個性というものがうすうすわかってくる。そうなればしめたものである。うすうす、でも、ぼんやり、でも、とにかくその線を、すなおに延ばしていけば「句風の確立」という最大の命題に、いつかは達するはずである。理屈の上では、ね。

付 句会白書

ひとつ、句会でもはじめようじゃないか、という話がもちあがったときの、みんなの打てば響くような反応を、いまでも、はっきりおぼえている。

「俳句の宗匠がかぶる帽子、宗匠頭巾っていうのかい。あれどこ行きゃ買える？」

「信玄袋の小さいやつ、あれも持ちたいね」

「矢立っていうのは高いのかね」

「落款印を注文しなくちゃな」

そんな言葉がくちぐちにとびかいながら、まず歳時記を、という声は、ついに聞かれなかったのだから、俳句的知的レベルの低さは推して知るべしであった。

めでたく第一回の句会開筵《かいえん》にこぎつけたのが昭和四十四年一月四日のことだから、右のやりとりがあったのは、その前年の十一月か十二月はじめのことで、思えば十六年前である。

俳句のてにをはも心得ないくせに、やれ宗匠頭巾をかぶりたいの、矢立がどうの、とよくまあ臆面もなくほざいたものよ、といまにして顔も赭《あか》らむ思いだけれど、ひるがえって、つらつら考えるに、まずかたちから入る、という発想はまちがってはいなかった、と十六年たって思う。うわべの、いちばん目につきやすい部分の模倣からはじまるのが、すべての芸ならびに芸術の基本である。とにかくスタイル優先。句会を発足させるにあたっては、何はさておいても、もっともらしくなくちゃ、というわけで、まっ先に出来上ったのが立派な活版刷りの「東京やなぎ句会会則」であった。

第一条　「芭蕉から破礼《ばれ》まで」の精神にのっとり、風流の奥義を究めることを目的として本会を設立する

以下、宗匠、月例句会、採点、幹事、入会規約、会費といった項目が並び、おしまいに型どおり「罰則」も設けてある。

第九条第三項　以下に該当する者は即刻除名する。(1)会則に違反した者。(2)書記嬢に手を出した者。(3)句友の女に手を出した者。

本法施行後十六年、句会発足後十五年、まだ一人の除名者も出していないのが、残念というか、不甲斐ないというか。

そうやってスタートしたわが「やなぎ句会」が、除名処分はもとより、喧嘩別れや、分裂騒動もないまま十五年も長続きしている最大の要因は、一日も早く仲間の追悼句を詠み

たい一心が原動力になっている、と前に書いたのは、もとよりジョークである。ジョークである証拠に、発足後まもないころ、句友同士の、あろうことか「死因見立」という遊びがはやって、とうとう刷り物の番付まで出来上った。

道　頓　薬殺（安楽死）
余　沙　斬死
滋酔郎　誤診による死
並木橋　旅先の食中毒
徳三郎　犬死
尊　鬼　歯槽膿漏

蒙御免　東京やなぎ句会　五月例会
　　　　会員死因見立　成績順

光　石　梅毒
土　茶　感電死
獏　十　行方知れず
変　哲　土左衛門
八十八　焼死（隣家の貰い火）

阿吽　腹上死

念のいったことに、初代の書記役として、毎回熱心につきあってくれた美人のK子嬢の死因まで別枠で見立ててある。いわく「人柱《ひとばしら》」。K嬢が辞任したのはそれから間もなくのことだから、もしかしたらこれが原因だったのかもしれない。

こんな不謹慎かつ世にもくだらない遊びは、ジョークでなければやれたものではないのだし、みんな、若かったから笑えたのであって、老いが手招きしはじめたいま、こんなふざけた、しかもそれぞれに思い当るようななまなましい番付を作ったら、血の雨が降る。

句会の長続きを妨げるネックは、まじめに考えて、二つある。一つは「うしろめたさ」である。早い話、そこそこの財産を築いた商人《あきんど》が家督を息子に譲ったあと、どれ、俳句でもはじめるか、というのは、きわめて自然である。だから、それぐらいの年齢に達するまでとっておけばいいのに、働き盛りの人間、ましてや十五、六年前の話なのだから、ご老体の目にはさぞや青二才と映ったにちがいない若造たちが「古池や」などとおさまりかえって、いいまのふりをしている図は、世間さまから見れば鼻もちならないだろう、などと要らざることをついつい考えたりするもんだから、どうしてもうしろめたさというものが生じてくる。そんなものにとらわれていたら、俳句なぞ作っていられない。だからまずは「うしろめたさ」の克服こそが、句会を長もちさせるための第一歩である。

もう一つの障害もまた多分に心理的なもので、どうせ遊びなんだからいい加減にお茶をにごしておけばいいさ、というちゃらんぽらん性が、句会の足をひっぱる。一人でもそんな態度をみせる人間がいると、句会全体の雰囲気がこわれてしまうのである。まじめに努力するのがばかばかしくなってくる。本書の冒頭で何度も強調したとおり、遊びだからこそ、プロの専門俳人以上の真剣さで俳句と取組む心構えが必要であり、ふざけないということが何より肝心なのである。

そのほか、こまかいことをいいだせば、長もちさせるためのこつというものはいろいろとある。安上りの句会を心がけることもその一つである。わが「やなぎ句会」の場合、私を除けば、みなさんそれぞれにリッチでいらっしゃる。人の懐ぐあいなぞのぞいたことはないから、あれで案外、そう見えるだけということもなきにしもあらずではあるけれど、私の目にはリッチと映る。したがって、月に一度ぐらいの句会だったら、赤坂の料亭で開こうが、一流ホテルで開こうが、痛くもかゆくもない連中のはずであるのに、だれいうともなく、スタートしたときから、みみっちくいこうという基本方針が定まって、一円でも安くあげる会場をさがすことに全力をあげてきた。

十五年ともなると、会場も、変遷ただならず。あのホテル・ニュージャパンを、あんなおそろしいところとはつゆ知らず、毎月借りていた時期もあった。まだ悪名も立っていなかったし、大きな和室を冬季割引料金で借りると、一人千五百円でおつりがきた。ルーム・サービスだの仕出しを注文するから高くなるのである。食べ物、飲み物は、各自持ち寄りという方式が定着して、二年間ぐらい利用したと思う。死者三十三人という大惨事になったニュージャパン火災のニュースで、あの和室のあった十何階かが火元になっていたことを知ったときには、みんな、ぞっとした。

この五、六年は、四谷のそば屋の二階が定例会場になっている。そば屋でどれほど豪遊しても、頭割りにして三千円飲み食いすることは至難のわざである。

みなさんリッチだ、といま書いたのは、半分がお世辞、半分がひがみであって、ほんとのところなんてわかるもんか。あるようにみえてないのがお金、ないようにみえてあるのが借金、という資本主義社会の二大真理を持ちだすまでもなく、人の懐ばかりはのぞいてみるまではわからない。だからこそ、一円でも安くあげることが重要なのである。

よくわかった、そのアドバイスを拳々服膺《けんけんふくよう》して句会を結成しようと思う、ついては、何人ぐらいの会員規模が適正人数であるのか、と問われると、答えは微妙にならざるを得ない。「やなぎ句会」は、はじめ十人でスタートした。すぐに二人ふえて十二人。爾来十三、四年変動はいっさいない。不動の十二人でいまに及んでいる。この程度の人数がちょうどいい、句会運営もやりやすいし、ほどほどの身内意識も生れて、いちばん楽しい人数だ、と私たちは思い込んでいるわけだが、思い込んでいるというだけであって、二十人の句会に所属している人は、二十人ぐらいがいちばん適当だと考えておられるだろうし、三十人で楽しんでいるんだったら、三十人ぐらいがにぎやかでいいのだとお考えだろう。何人でなければいけないということはない。むかし河東碧梧桐は、有名な〝三千里大旅行〟の途中、どこかで催された句会に六十数人の参加者があったことに驚嘆して「余ノ知ル限リ空前絶後ノコト也」と記《しる》しているけれど、現代では六十人七十人の句会はめずらしくないらしい。結社の大会とか、記念句会ということになると、ホテルのパーティー会場を借り切って、二百人、三百人を集める句会もあると聞く。文運隆盛、句道のためにもめでたい限りであるけれど、句会の運営面で円滑を欠くだろうし、右も左も知らない顔ばかりというんではおもしろくないだろうし、それより何より、三百人もで競ったら、優勝のチャンスもありゃしない。これで吟行に出掛けたら、ジャルパックである。

「やなぎ句会」の顔ぶれについては、再三ご紹介してきたとおりである。

風生門下の本格派である光石こと入船亭扇橋を師と仰ぎ、ひとたび仰いだからには、十五年来たゆみなく、同じ宗匠を頭にいただき続けてきた。二年で監督のクビをすげかえるプロ野球よ、すこしは見習うがいい。

というわけで宗匠光石の地位はご安泰、こゆるぎもしないことは事実なんだけれど、門下の一同、陰にまわれば、どんなことをいい合っているか、宗匠が知らないだけなのである。草深い青梅の在の出《で》であらせられる光石は、お育ち柄、当然のことながら常軌を逸した植物好きで、いい加減にしてくれ、と全員が悲鳴をあげるほど、出題というと草花で攻めて攻めて攻めまくるのが玉に瑕《きず》なのである。その悪癖が、ときに目に余ったりするので、そのたびに「どうだい、このへんでそろそろ宗匠とっかえようじゃないか」「ああいいね。やつも、しおどきですよ」「うちの宗匠もいいけど、草花好きもあそこまでいくと、はた迷惑だからね」「あれじゃ、宗匠じゃなくて――」「――植木屋ですよ」などと言いたい放題のことを口走りながら、政府顚覆《てんぷく》、朝憲紊乱《びんらん》みたいな共同謀議をしばしば企んできたのに、それが絶対に実を結ばないところが、すなわち宗匠のお人柄なのである。

したがって、たとえどれほど植物に泣かされようとも、われら門弟一同としては、死ぬまで光石を師と仰いでこの道に精進するわけだけれど、そう思うと絶望的にならざるを得ないし、それではあまりにも夢がなさすぎる。夢も希望もなければ進歩はおぼつかない。だいいち長続きの足をひっぱる。そこで、三回連続して第一位を占めたら、ご褒美に次の月だけ、その人間を宗匠として遇するというルールが確立されている。褒章としての〝一日宗匠〟制度である。

宗匠の座にすわるということは、その日の句会を自分の手で運行するということであって、宿題から当夜の席題まで、自分の意のままに出題することができるのだし、互選がすんで、結果が出たあとも、「講評」という名のもとに、人の句を好き勝手に批評する権利を有するのだから、こたえられない。当然のことながら、だれもが三連覇を狙って目の色を変えている。

そうして、ここがおもしろいところなのだが、それだけ虎視眈々《たんたん》、全員が目の色を変えているのに、十五年目を迎えた今日現在まで、三連覇の偉業を達成して宗匠の座にすわった人間は、ただの一人もいないのである。あと一回で三連覇、というところまでは、わりと簡単なのである。というより、一回優勝すると、はずみがついて、翌月は、むしろ連勝しやすいぐらいなのである。なかでも、変哲こと小沢昭一と、かくいう滋酔郎こと小生とはその最右翼であって、過去十五年、実にしばしば二連勝まではしている。それが、ひとたび三連覇がかかると、とたんに別人のようなことになって、優勝はおろか、まずおおむね最下位もしくはブービーに転落するのがパターンになっている。三連覇だけは何としてでも阻止しようとして、残る全員がありとあらゆる画策を弄するのは致し方ないとして、過去のケースのすべては、なんのことはない、句友の妨害工作以前に自滅しているのである。つまり、ビビっちゃうのね。

十五年も同じ顔ぶれで俳句を作っていると、なんだかんだといいながらも、それなりに個性が出てくるもので、毎回まわってくる五、六十句のうち、三分の一ぐらいは、これはだれの句らしいとおよその察しがつくぐらい、句風というものが確立されてくる。

露草を引けば思はぬ長さかな　光石

コスモスに風ゆたかなる真昼かな　同

植物の出題で怨嗟《えんさ》の的《まと》となっているわれらが宗匠の句は、だいたいこんな感じである。以下、順不同で全員の、なるべくそれらしい句をご紹介してみよう。

きさらぎの大猫塀をわたりけり　尊鬼
椎の実を握ればうすき日のぬくみ　同
壺焼の蓋とれず箸折れぬ　阿吽
春光や叫びたくなる昼下り　同
喜雨樋を伝ひて流れ初めにけり　余沙
寒卵重く転げて宿の膳　同
日盛りの速達といふ字の赤さかな　徳三郎
町名の変りし土地の祭かな　同
握りこぶしまだらに赤くみぞれけり　土茶
時おりは怒ったように春の風　同
寝返りをうてば土筆は目の高さ　六丁目
嘘をついて霙《みぞれ》の中を戻る　同
湯の中のわが手わが足春を待つ　変哲
みの虫の居を定めたり風の中　同

爪革の紅映しけり春の雪　道頓
でもいい人だったわよ秋彼岸　同
書債あり春愁の筆をとる　八十八
春の雪だれかに電話したくなり　同
別ればなしは切り出せず空っ風吹く　獏十
大地悠久黙然として麦を踏む　同
おん鹿の斑《ふ》より霽《は》れゆく奈良の雨　滋酔郎
襟巻に鼻うづめればわが匂ひ　同

これだけで句風を察しろというのは、いうほうが無理な話であるけれど、ざっとこんなトーンの句を詠み続けているうちに、いうにいえない嗅覚のようなものがおたがいに発達してきて、名前を見なくても、あいつの句だな、という察しが、おぼろげながらつくようになってくるのだから、たいしたものといえばたいしたもの、おそろしいといえばおそろしい。

かはほりにふるさとくらき灯をともす

書記のお嬢さんが作者名を伏せてきれいな字で書き写してくれた清記用紙がまわってきて、その中にこんな句があったりすると、きまって徳三郎こと矢野誠一あたりが「おや、商売人の句がありますよ。うまいねえ」などと口走りながら、光石の顔をちらと盗み見たりするのである。実際、こういう手馴れた、しかも出来のいい句は、宗匠の独擅場《どくせんじょう》なのであって、このときの徳三郎の推察もみごとに的中していた。

茶屋酒もおなごもむかし秋刀魚焼く

この句がまわってきたとき、じろりと一座の顔を見まわして「だれだい？　句会で自叙伝書いてるのは」とうまいことをいったのは、たしか変哲だったと思う。親の代からの芝居茶屋を一軒つぶした道頓こと三田純市以外に、こんな自叙伝を書けるやつはいないのである。

陰干しの月経帯や猫の恋

これはもう、みずからすすんで名乗りをあげているのも同然で、だれが見たって『小沢昭一的こころ』以外の何物でもない。これほど明々白々ではなくても、「香具師《てきや》」とか「縁日」とか「京成押上《おしあげ》」とか「錦糸町」といった字句が一句中にあったら、まず変哲作だと思ってまちがいない。

「湯たんぽあります」と書いてある宿に着く

これまた、正体見たり、である。じっと見つめていると、破調の字づら全体から、なつかしい歌声が聞えてくる。〽知らない町を歩いてみたい／どこか遠くへ行きたい……。そうです、六丁目こと永六輔ならではの叙情旅俳句である。

ときには、苦しまぎれを通りこして、やけのやんぱちでこね上げた、ものすごい句がまわってきたりして、そういうときには、容疑者が二人になる。土茶こと柳家小三治か、徳三郎こと矢野誠一、この二人のうちのどちらかの犯行にちがいない、と衆目の見るところが一致するから不思議なものである。もっとも、容疑をかけられても仕方がないような前科が、この二人にはあるのである。

忘れもしない、記念すべき第一回の句会で、席題の「煮凝」に手を焼いた土茶は「煮こごりの身だけよけてるアメリカ人」という摩訶不思議な句を残し、その迷句に呼応するように、同じ昭和四十四年の十月、武州平林寺に吟行を試みた際に、松平伊豆守の墓前に立った徳三郎は「寛永の墓で泣くかや昭和鳥」なるおそるべき句を詠んだのである。たしかにあのとき、鬱蒼たる木立に囲まれた知恵伊豆のお墓の頭上から、さまざまな鳥の鳴き声が降るように聞えたことをよく覚えている。鳴き声による鳥の識別なぞ、もとよりできようはずはない。青梅の産の宗匠ならいざ知らず、徳三郎にしたって、われわれにしたって、鳥類は、植物よりもっと弱い。だからといって「昭和鳥」とは、あまりといえばあまりである。やなぎ句会史上に残る怪作として、この二句がいまだに語り草になっている以上、やけくそ俳句がまわってきたときに、まずまっ先に二人に容疑がかけられるのは、だから、身から出たさびなのである。

古人いわく。隠すより現るるなし。いつとはなしに、各人各様の、句風とまではいわないままでも、一応の特色が出るようになってからというもの、三連覇がかかった句会というとえらい騒ぎになる。十五年の長きにわたって三連覇が出ない以上、かくなる上は未来永劫もう絶対に出したくない。そう考えるのは当然であり、人間、だれの考えも同じである。ひとたび三連覇がかかると、その夜の句会は、俄然殺気立って、俳句の席なのか賭場なのか、はっきりしなくなってくる。

何度もゲストにお招きした戸板康二氏が、たまたま三連覇がかかったときに遭遇なされて、ほとほと呆れ顔で「ぼかァ、〝句会殺人事件〟という推理小説を書きたくなった」と呟かれたという一事をもってしても、その雰囲気はおわかりいただけるのではないかと思う。

三連覇がかかった句会では、リーチをかけているその句友が、徹底的にマークされるのは当然で、あいつらしい句があったら、たとえどんなにいい句だと思っても絶対に抜くべからず、というのが暗黙の了解事項になっている。その迫害を受けて立つ身としては、そのへんの心理ぐらいお見通しで、だから、なんとかして裏をかきたい。そのためにあえて自分の句風を崩して、全然別人ぽい句を詠むことで、身をやつすのである。「やっぱり〝やつし〟で、きやがった」とあとでみんな大笑いするのだが、当人としては必死なのである。その悪あがきがことごとく自滅につながっている。いつもはおさまりかえった句ばかり詠んでいる人間が、ことさら字余りの句を作ってみたり、山頭火ばりの舌足らずの句を試みたり、そんなことでいい句ができるはずがない。それがわかっていながら、いざ三連覇を目前にすると、本能的に保護色をまといたくなってしまうのである。そういうところは、邪念にみちみちた句会であるというしかないのだけれど、邪念にみちみちてちゃいけませんか？　いいじゃないの、遊んでいるんだもの。

句会もそこまで堕落したらおしまいだ、という非難がどこからともなく聞えてくる。お言葉ではあるけれど、私ら、堕落はしていない。一つの芸術的理想を、あらかじめ掲げてスタートしたにもかかわらず、どんどんふざけたものになっていくケース、すなわち高みから転落することを「堕落」というのである。私らは〝低み〟から、わいわいがやがや、楽しくスタートしたのである。堕落のしようがないではないか。変化があるとすれば、上に向かうしかない。だから句会は楽しければ楽しいほどいい。楽しさが、向上の起爆剤になるからである。だが、その楽しさに気をつけろ、とたいていの入門書が警告している。楽しさにおぼれると、句がおろそかになりやすいというのである。錚々《そうそう》たる先人たちが、口をそろえて忠告していわく。

「句会の醍醐味は、まず、この互選にあることは言うまでもありませんが、ただ、互選だけに終始していると、そこには互選独特の弊害が生れてくる。（略）内容の検討は二の次となり、結果として技巧に長《た》け、目を惹きやすい作品が常に上位を占めることになる」

（飯田龍太『龍太俳句教室』）

「点数をつけてゆくと、それに心を惹かれるというのは、やはり人情というものでしょう。よほどしっかりした作者でも、これにつられてしまう。その結果、よく考えないで作った句を出したり、或は当時流行の表現の型に嵌《は》めた句を出したりする。こういうことをした時の、後味の悪さというものは、思い出してもたまらないのですが、これをくり返していると、結局、しまいには良心が麻痺してしまうのです。（略）つくづくあさましいと思わざるを得ません」（水原秋桜子『俳句のつくり方』）

「第一の心得として、俳句は自分の為のものだ、大勢寄つて遊ぶものではない、結局は自分独りでするものだ、といふことは、しつかりと心得てゐて貰ひたいと思ふ。（略）悪い相手をもつよりも、寧ろ一人の方が却てよろしいのである」（荻原井泉水『新俳句入門』）

「つくづくあさましい」とか「悪い相手をもつよりも」とか、そんなふうにいわれたら、ぐうの音《ね》もない。ただただ顔を見合わすばかりである。なかんずく「悪い相手」というひとことは、「やなぎ句会」全員の肺腑に、ぐさりと突き刺さる一語ではあるけれど、あえて抗弁させていただくなら、「悪い相手」が寄り集まっているからこそ、いやが上にも真剣に取り組まざるを得ないのだし、句会の運営にあたっては、ルールの遵守にことのほか心をくだいているのである。

毎月の出句数は一人五句。そのうちの二句は兼題、すなわち前回からの宿題なのだから、一と月のあいだにとっくにできていなければならないはずなんだけれども、その場になって、とりあえず宿題から考えはじめる者も少なくない。席題三句のうち二句は宗匠が出題する。残りの一句は、前回の優勝者が出題することになっている。優勝者のご褒美である。吟行の場合は、全句嘱目。

計算しやすいように、宗匠を含めて十人出席したとする。一人五句ずつだから、合計五十句の勝負である。題ごとに用意されている投句箱に投じられたその五十句を、よく攪拌《かくはん》した上で、書記のお嬢さんが清記（お清書）してくれるのだから、筆跡からあしがつくことは絶対にない。その五十句の中から、一人が八句選ぶ。「天」「地」「人」が一等、二等、三等で、あとの佳作五句を「五客」という。全員がこの基準で選ぶのだから、「天」に抜かれる句はのべ十句、「地・人」は合わせて二十句になる。「天」が三点、「地・人」が二点、「五客」は一句につき一点ということで、総得点を競い合うのである。総合成績の上位三人に、会から賞品が出るほか、各自三点ずつ持ち寄る賞品は、自分が選んだ「天・地・人」の句に授けられる。ついこのあいだまで、優勝者には、もちまわりのトロフィーが出ていて、甲子園の真紅の優勝旗にぶらさがっているのと同じようなリボンに、優勝者のその日の最優秀句を墨痕淋漓と記《しる》していたのだが、リボンが百枚を超すあたりから、はじめのほうのリボンが黄ばんできて、それはそれで非常なる風格をかもしだしていたのだけれど、残念ながらトロフィー本体のほうががたがたになって、あっちが欠け、こっちが欠け、というぐあいになったもんだから、いまは賞品だけである。

一人八句ずつの互選は、厳正そのものである。たとえ宗匠の句といえども、出来が悪ければ仮借なく最下位に落される。情実だの、賄賂だの、職務権限だの、そういうきたならしいものが入る余地は、まったくない。

秋霜烈日の、このきびしさこそ、わが「やなぎ句会」の唯一誇るに足るところなんだけれども、それが裏目に出ることがあるから困ってしまう。この道の大先輩をゲストにお招きして、一夕、ともに楽しんでいただく機会を、そう、年に二回ぐらい設けてきたのだけれど、辞を低うしてお迎えした大先輩や、大俳人にも、手ごころを加えるということを、みんな、まったくしないのである。しない、のではなくて、手ごころを加えたくても、このシステムでは、できないのである。口には出さねど、みんな心の中では、ゲストに優勝してもらいたい、優勝しないまでも、せめて三位以内に入ってもらいたい、と祈るような気持で選句の結果を待ち受けているのに、披講がはじまってみると、いつまでたってもゲストの句が出てこないときの、あのスリリングな気持というものは、また格別である。

いま、やなぎ句会会報を繰って、たしかめてみたら、ゲストの最多出席回数を記録しておられるのは、「洗亭」の号で文壇にこの人ありといわれる戸板康二氏である。昭和四十五年九月、新宿・十二社《じゅうにそう》のとんかつ屋の二階で開いた句会に、はじめてご臨席になった戸板さんは、はじめからおしまいまで、駄洒落とゴシップを絶えることなく連発なさって、並みいる悪童どもが、腹をかかえて笑いころげているすきに、まんまと優勝トロフィーを

獲得なされた。ずっとあとになって気がついた。なんのことはない、話題のベストセラー

『ちょっといい話』のリハーサルをなさりながら、洗亭先生は、トロフィーを、かっさらいあそばされたのである。

安房上総くまなくはれて鰯ひく　　洗亭

房総半島の潮風が肺の中を吹き抜けていくような、爽快な句である。こういう句を詠まれては、トロフィーをさらわれても文句はいえない。山ほどの賞品とトロフィーをかかえて、頬の筋肉をゆるめるだけゆるめた戸板さんが、立ち去りぎわに呟いたひとことは、やなぎ句会会報に、いまでもちゃんと活字になって残っている。

「では、お先に。うふふ、わたしの句会は、やなぎ句会だけ」

切歯扼腕《せっしやくわん》してくやしがる一同を尻目に、勝てば官軍、足どりも軽く戸板さんは帰っていかれた。

二度目にお招きしたとき、戸板さんが、ご機嫌うるわしく、ほいほい出てこられたことは、いうまでもない。そうしてその夜の句会で、洗亭先生、哀れ最下位の屈辱をなめられたのである。なんだ、こいつらは、人を招《よ》んでおきながら失敬な、などとはさらさらお考えにならないところが戸板さんのすばらしいところで、三度目にお迎えした五十一年一月の句会では、またしても第一位、それもぶっちぎりの大差で優勝なさっている。

火鉢から出たる銀貨や宵の雨　同
弾《ひき》初《ぞめ》やはでに切れたる三の糸　同

ずっとのちの話だが、戸板さんは病魔のために声を失われた。退院直後の某日、元気に出席なさった洗亭先生は駄洒落とゴシップを、メモ用紙に手あたりしだい書き殴って、以前と少しも変らぬいきおいで一同を悩ませかつ笑わせて下さったことが、何とも迷惑で、何ともうれしかった。

さらにもう一回、昭和五十三年十一月二十三日の第百十五回句会で、戸板さんは優勝しておられる。このときは失敗した。ゲストに、お二方を同時にお招きしてしまったのである。戸板さんの昵懇《じっこん》の友である新劇の某長老俳優で、俳句にかけては、万太郎門下の逸材と目されているセミプロ級のN・N氏である。それで、ふたをあけてみたら、戸板さんが第一位で、長老俳優N・N氏は最下位に甘んじておられた。

老僧のしはぶき高き初冬かな　洗亭

戸板さんのこの句がずいぶん抜けていたけれど、最下位N・N氏の句も、決して悪くはなかった。

初冬や時の流れが早すぎる　N・N

長老に申し上げる。あんな結果に終ったのは、議会制民主主義、すなわち衆愚政治の、いうなればアキレスの腱が露呈したためだ、とお考え下さい。それでもまだくやしくて眠れないようだったら、どこかの国の法務大臣のひとことを思いだすことをおすすめします。

「清き一票という言葉ぐらいイヤなものはない」

同じく万太郎門下生で、これまた長老俳優であったいまは亡き龍岡晋氏も、ゲストとして四、五回出席して下さった。残念ながら、優勝はしておられないけれど、いつも上位の成績をおさめられて、いつもにこにこしながらお帰りになるのが常であった。

濡縁の端シに腰かけ梅焼酎　晋

緑蔭や松本楼は昼を灯し　同

からくりの小豆相場や燕去る　同

それでなくても、もともと不純な空気がみなぎっている席に、ゲスト諸氏をお迎えすると、不純な空気がいっそう活気づくようである。たぶん、ゲストにいいところをお見せしたい、という自己顕示欲が働くためだろう。いつぞや村山古郷氏をお迎えしたときなぞは、ご持参の賞品のほかに、当夜の句を認《したた》めた古郷先生の短冊が上位三人に特別賞として出ることになったもんだから、みんなの目の色がちがってきた。その熱気と殺気たるや、温顔をほころばせながら感に耐えたように呟やかれた村山さんの次のひとことが、すべてを物語っている。

「あのォ……これでみなさん俳句を作るんですか」

この日の優勝者がだれであったのか、村山さんがどういう句を詠まれたのか、残念なことに、この月の会報だけが散逸してしまって、いま引くことができない。のちに村山さんが、主宰誌『嵯峨野』（昭和五十三年九月号）の連載随筆の中で、当夜の感想を、こう録しておられる。

「やなぎ句会は、俳句の深奥を極めるとともに、俳諧の妙趣を愛する人たちの集まりである。私も一度お招きを受け出席したが、誠に熱心で迫力ある句会である。機智と教養ゆたかな人たちだから、秀句佳吟とともに迷句珍作も続出、句評に移るや、他人の句には実に辛辣、自作の礼賛には巧妙、才気煥発して席上丁々発止の火花が散る。それに聞き惚れて陶酔したせいか、私の成績は三位か四位に止まった」

異色のゲストも少なくない。

道頓の口車にのってお運びなされた亡き渋谷天外氏もそうだし、春夢の俳号で知られる浅草の寿司屋のおやじさんも二、三度つき合って下された。

浅草で思いだす。こんな句を詠んで、大差で優勝をさらったゲストがいる。

浅草や酔へば女は足袋を脱ぎ　順

なんとなまめかしい句ではないか。もう一歩で、危うく俗に堕すという、ぎりぎりのところで踏みとどまって、ほんのりとした色気をかもしだしているところがこの句の値打ちである。四十五年六月、浅草・最尊寺の庫裡《くり》で開いた句会で披講された句だ、といえば、カンのいい読者なら、あるいは、ぴんとこられるのではないか。最尊寺の住職は永忠順猊《げい》下《か》、すなわち六輔の父君である。清記用紙がまわってきたときには、まさか猊下の句だなんて夢にも思わなかった。坊主のくせに、こんな色っぽい句を詠むとはなにごとだ、とくやしがってもあとの祭りである。でもまあ、この日の成績は、おやじの猊下が優勝して、息子の六輔がビリに甘んじたのだから、平仄《ひょうそく》が合っているといえばいえるのである。

昭和五十年七月二十二日火曜日。この日は、やなぎ句会史上に残る記念すべき日となった。あのころいつも定例会場にしていた、新宿にある某職域の健康保険会館の最上階にあった茶室に、富安風生先生がお成りになったのである。大風生門下のどのあたりに位するのか、おそらくは、はるか山裾のあたりにいるのだと思われる宗匠の光石が、一度お遊びに、とかなんとかお誘いしたらしい。あとで聞けば、「なんだかおもしろそうな句会らしいから、ちょっとのぞいてみるか」と、風生先生のほうから側近を促されて、ご光臨の運びになったらしい。このとき風生先生は八十九歳であった。

おそれながら、出句は一人五句ずつ、選は互選でございます、とご説明申上げる幹事役光石の言葉に、うん、うん、とうなずいておられた風生先生は、やがて、穏やかな微笑を浮かべながら、一人五句ずつでございますとあれほどご説明申上げたにもかかわらず、わずか二句のみを投じられて、みごとトロフィーをかっさらいあそばされ給うたのである。

床間に水瓜転《まろ》ぶを涼しとす　風生
好《かう》謔《ぎやく》即《そく》十七字たること涼し　同

互選終了後、一同のへっぽこ俳句の一つ一つについて懇切な講評、添削を施された先生は、山ほどの賞品をかかえてタクシーに乗り込まれ、にこにこ手を振ってご機嫌うるわしくお帰りになった。旬日後、主宰誌『若葉』の連載〈風生日録〉の一節にいわく。

「やなぎ句会に出席。少し違和感」

少し違和感の、「少し」が効いている。なんとも適切、適切にして痛烈、痛烈にしてあたたかい。

九十三歳の悠々たる人生を了えて、風生先生が彼岸に旅立たれたのは、それから四年後であった。

あとがき

書き了えて、まだ余燼《よじん》がくすぶっているような心持である。余燼の正体は、わかっている。

書き下しという生れてはじめての作業を曲りなりにもやりおおせたよろこびと充足感が半分、いや、三分の一ぐらいかな。あとの三分の二は、こんなだいそれた本を書いてよかったんだろうか、という怖れと不安が、ぷすぷす、と音をたててくすぶっている。

もしかしたら、天を怖れぬ所業だったのではないか。

もしかしたらではない、天を怖れぬ所業そのものだ、というお叱りの声が、ぷすぷす、という余燼の音の中からたちのぼってくるのである。なんだこんなもの、ふざけるな、という声も聞える。

こんなもの、といわれればそのとおりであって、こんなものですみませんでした、とただひたすら頭を下げるばかりだけれど、ふざけるな、とは心外である。

私は、ふざけてはいない。

読んでおもしろいものにしたいというのが本書についての私の基本方針だったから、起筆後は、おもしろおかしい文章を極力目指したことはごらんのとおりだけれど、おもしろおかしいということと、おふざけということは全然別ものであって、私は決してふざけてはいない。大まじめに書いたつもりである。俳句に関して、かねがね感じていたことを拾い集めて、系統立ててみたらこうなった。おもしろくするための文章上の誇張はあっても、中身は私の本音だけを綴った。

この五、六年、私は句会仲間の尊鬼こと神吉拓郎と共同で、某婦人雑誌の俳句欄の選者をつとめている。そのほうがよっぽど天を怖れぬ所業だといわれれば、これまたそのとおりで、ただし、お叱りの半分は尊鬼のほうにも向けていただきたい。それで、毎月どさっと届けられる投句はがきを、一枚一枚点検しながら、いつも感じることがある。実に多くの初心の愛好者が、類型的発想というまったく共通のわなに足をすくわれて、せっかくの俳句ごころを枯らしかけているのである。

共通のわなは俳句そのものに内在する何かなのだ、と思われる。

その「何か」が何であるのか。そこのところを手さぐりで書いてみたかった。

多くの入門書の中で、先人たちが述べておられることがらと重複する部分も、もちろんあるはずだが、執筆の姿勢としては素人料簡《りょうけん》に徹したつもりである。ふん、詭弁と暴論ばっかりじゃないか、と専門の俳人諸氏に顰蹙《ひんしゅく》されるのは、だから、うれしくないこともない。

稿成りテ（二句）

戯《たはぶ》れの宗匠頭巾そぞろ寒　　滋酔郎

えらそうなことばつかりぞ日記果つ　　同

昭和五十九年一月

江國　滋

文庫版のためのあとがき

長年俳句と「あそんで」いるうちに、澱《おり》のように溜まってきた俳句に対する私なりの考え方を、一度洗いざらい吐きだしてみたい、とくに、先人諸大家が決して口にしなかったこと、もしくは、先人諸大家が俳句常識として異口同音に説いておられる絶対的意見に対する異論に類すること、そういったことどもをある程度整理した上で書いておきたい、というのがそもそもの執筆動機なのだけれど、そんな雑感をただ筆録するだけでは、あまりにも芸がない。文を以て身を立てている以上、しかるべき工夫が必要である。そう思って、まず容れ物を決めた。入門書のかたちをとって、でも読めば、やぶれかぶれの入門書になっているという器にしたかった。『俳句とあそぶ法』という書名も、この段階で考えついた。あとは、読んでおもしろい文章を、ひたすらめざした。

全編書き下しだったが、書いていてたのしかった。

書き了えたとたんにこわくなった。

ちょっと俳句をかじっただけの素人が、知ったかぶりをしてこんな本を出したら、孜々《しし》営々、いのちがけで俳句と取組んできた専門俳人の目には、不謹慎のきわみとうつるんじゃないのか。ことによると、よってたかってフクロだたきにされるかもしれない。それでなくても、俳壇という世界は閉鎖的な社会だと聞いていた。その閉鎖性に風穴をあけてみたいというような気持も、ちら、とないこともなかったのだけれど、それ以上に、やっぱりおそろしかった。本編の「あとがき」に書いた「専門の俳人諸氏に顰蹙《ひんしゅく》されるのは、だから、うれしくないこともない」というあの文言は、私の精一杯のつよがりであった。埒《らち》もない駄文といえども、自分の本を出して、顰蹙されて、うれしいわけがないではないか。というわけで、ほんとうのところは、びくびく、おどおどしながら出したのである。

そうしたら、それがちがった。

専門俳人諸氏からのお咎《とが》めはいっさいなかったばかりか、過褒のおことばをいただく結果になって、それが口火になったのか、私の著作物にしてはびっくりするほどよく売れて、びっくりするほど版を重ねて、それでいままたこうして文庫化されることになった。

運がよかった、というしかない。

本書の中でしばしばご登場いただいた村山古郷氏いまやなく、あのとき一面識もなかった鷹羽狩行氏に、文庫化にあたって至れりつくせりの解説を寄せていただく光栄に浴した。歳月の疾さ、かくのごときである。

昭和六十一年師走

著者再白

参考文献

阿部筲人　「俳句──四合目からの出発」　文一出版
飯田龍太　「龍太　俳句教室」　実業之日本社
磯貝碧蹄館　「俳句の心　実践的作句教室」　雄山閣
大岡　信　「子規・虚子」　花神社
荻原井泉水　「新俳句入門」　実業之日本社
金子兜太　「俳句──短詩形の今日と創造」　北洋社
楠本憲吉　「戦後の俳句」　社会思想社
同　「俳句入門」　文藝春秋
後藤杜三　「わが久保田万太郎」　青蛙房
西東三鬼　「冬の桃」　毎日新聞社
志摩芳次郎　「現代の俳句」　林書房
清水杏芽　「間違いだらけの俳句鑑賞」　洋々社
富安風生　「俳句読本」　東京美術
中村草田男　「新しい俳句の作り方」　角川書店
水原秋桜子　「俳句のつくり方」　実業之日本社

皆吉爽雨　「俳句への道」　角川書店
村山古郷　「俳句もわが文学」（全三巻）　永田書房
同　「明治の俳句と俳人たち」　河出書房新社
同　「明治俳壇史」　角川書店
山口誓子　「俳句鑑賞入門」　創元社
山口青邨　「明治秀句」　春秋社
山本健吉　「現代俳句」　角川書店
同　「俳句私見」　文藝春秋
同　「芭蕉・その鑑賞と批評」　新潮社
吉村　昭　「海も暮れきる」　講談社
現代の肖像「百俳人」（藤森武撮影）四季出版
「現代俳句鑑賞辞典」（水原秋桜子編）東京堂出版
「俳句」増刊号『現代俳句辞典』（昭和52年9月号）角川書店
「太陽」別冊『俳句』（昭和51年秋季号）平凡社
句集、歳時記、季寄せは省略

解　説

鷹羽狩行

料理の本は、その道の専門家が書いたものよりも、グルメ――つまり食道楽と呼ばれる、食べる側の人――の本のほうが、よく読まれる。檀一雄・吉田健一・獅子文六などの故人から池波正太郎・荻昌弘・開高健夫妻など、この方面の書き手は多士済々である。――汽車の本も、鉄道勤務の人びとよりも、乗る側の人が書いた本のほうが面白い。内田百閒『阿房列車』のあとを継ぎ、阿川弘之・宮脇俊三両氏が健在である。――ついでにいえば健康法、たとえば〝痩せる本〟も医者や栄養学者の本よりは岩城宏之氏や弘田三枝子さんの本のほうが売れているらしい。

このように料理・汽車・健康法の本は、書き手がプロよりもノンプロのほうが読みやすく、また読まれやすくて、よく売れてきた。そして江國滋氏の『俳句とあそぶ法』が、俳句についても同様であることを実証した。この単行本が文庫となったのは、俳句のプロとされている私にとって、まことに嬉しい。

江國氏の近著に『スペイン絵日記』（新潮社刊）がある。三週間の旅行を、七十枚近くの絵と、さらさらと読みやすい文章で織りなした快著である。これを、絵を片眼で眺めながら、〝文〟のほうを読み進んだ。

——一人旅のサンチャゴ・デ・コンポステーラで、スケッチをしていて道に迷う。出会った四人の若い女性に「みんなで連れてってあげる」といわれ、英語の片ことで話し合い、あちこち歩いて、やっと目的の大聖堂が見えた。お礼にアイスクリームでもと言うと「いいの、いいの、じゃバーイ」と手を振って消えた。ギャルの親切が身にしみる……とある。パンプローナでは牛追祭の前夜祭の日で、まず真紅のネッカチーフと腰かざりを買い、町の人びとの祭り衣裳に身を改め、知らない町を飲み歩く。酔ったカップルに日本語で話しかけ、シャンペンを飲まされ、返礼にビールをおごる。人波を縫って歩くうちに、シャツもズボンもびしょびしょ……とある。

同地で別の日に、祭のための臨時遊園地で時間を過ごして午前一時になり、ホテルに戻ろうとしたらタクシー乗り場がわからない。こんどは二人の子供を連れたおばさんが声をかけてくれる。「タクシー」という英語が通じて案内してもらうが、どの乗り場にも車なし。やっと電話で予約してくれる。三人は車がくるまでの長い時間、立ち去らない……。

以上（まだほかにもあるが）三つの例は、みな異国の単独旅行での心暖まる人間交流が焦点である。ことばの通じない人たちと、これだけ心が通じたのは江國氏の人柄による。この旅と人との主題こそ、まさしく芭蕉が示した〝俳諧〟の本道ではないか。してみれば江國氏は俳句の本を書くべく運命づけられて生まれてきた人にちがいない。

つぎに〝絵〟をゆっくりと見てゆく。絵は文章と並んで江國氏の本業であると私は思う。〝しろうと離れ〟などというナマやさしいものではない。その本業の絵を批評するだけの素養はないが、俳人の眼から見ると、主題と副題とのバランスがいい。人物が主題の絵では、風景はたとえ大きな建物であっても、その存在を主張せず、副題としての役目を心得て描かれている。風景が主題の絵では、人物の添景が全体を生かす。これらの絵を眺めていると臨場感が湧き、私もスペイン旅行しているような気持になるから不思議だ。

主題と副題のバランスは俳句表現の骨法であり、現場にある感じを与えること、すなわち作者の言わんとするところを読者に直《じか》に伝えることは、俳句の本義でもある。『スペイン絵日記』の文と絵を眺めて、江國氏の俳人としての素質・素養を確かめることができた。こんな人が『俳句とあそぶ法』を書けば、その説得力が群を抜くことも当然であろう。

では、江國氏の作句実力はどうか。近著『旅ゆけば俳句』（日本交通公社刊）の末尾に、江國滋酔郎と鷹羽狩行の次のような問答がある。

鷹「瀬戸内さんの『女人源氏』を読んでいるうちにうかんだ句があるんです」
江「ほう、それはすばらしい」

鷹「きのう、寂庵で、よっぽどご披露しようかと思ったんですが、初対面の瀬戸内先生の前では……、やめておきました」
江「そーんな、瀬戸内さんがそんなことでたじろぐものですか。ご披露なされればよかったのに、惜しかったなあ」
鷹「いえ、それに……下五がどうしても出来ないんです。――〈姫はじめなき寂庵の……〉」
　謹厳実直を絵にかいたような鷹羽さんが、にこりともしないでいった。
鷹「下《しも》の世話をぜひ」
　寂庵の玄関に、瀬戸内ファンのために常備してあるらしい署名本が各種何冊も、立派な乱れ籠に載せてあった光景を思い出した。
江「どうでしょう、これは〈姫はじめなき寂庵の乱れ籠〉」
鷹「わあ……〝乱れ籠〟だから〝姫はじめ〟が生きてきます。うん、すばらしい」
　以上のように「姫はじめなき寂庵の」を「乱れ籠」で仕上げた江國氏の俳句感覚には一本参ったという感じ。
　また、江國滋酔郎句集の『神の御意』（永田書房刊）には、表題となった「稲妻も穂高も神の御意のまま」のほかに、次のような佳吟がある。

箸割ってしびれ残りし寒の指
名刹はべからずづくめ山笑ふ（常照皇寺）
春泥や汚れは人のこころにも
首こきと鳴り夜桜を仰ぎけり
恋猫の阿鼻叫喚のあとの闇
ものの芽や人にやさしくしたくなり
羅《うすもの》や一語の無駄もない女
することは山ほどありて夕涼み
したたかに酔うてなほかつ夜長かな
火の色を忘れてをりし焚火かな
凜として寒梅の咲き遅れけり
正月の八坂神社は派手やわあ

蛇足を加えれば、第二句の自然を背景にしての人工の愚かさ、第七句の肉体が透いて見えるような見えないような薄衣を通じての、美しいが強い性格の女、第十句の火の色の美しさに気がついたのは、すっかり暖まったからのこと、第十一句の寒中の梅の悠然たる勢い、第十二句の派手でなまめかしい京の女ことばと八坂神社のたたずまいとの照応。——この句集を贈られての私の挨拶句は「江の國の江のことごとく水澄めり」であった。

江國氏の俳人らしさについては、まだまだ書きたいことがある。たとえば、俳句と同じ庶民の娯楽である落語学の権威であることやカード・マジックの世界的名手であることなどなど。しかし、俳人としての私が解説を書くからには、（読めば分かる本を〝解説〟するという愚行だが）本書の内容についてもふれなければなるまい。

第一に感じたことは『俳句とあそぶ法』と題しながら、俳句に対する取組み方が実にきびしいことである。文人の俳句論なら、一行詩ならなんでもいいというような趣旨でも不思議はないが、江國氏の俳句観は一部の専門俳人よりも更にきびしい。「遊ぶ」は英語のプレイ（play）に相当する。プレイには規則がある。スポーツでいえばルールだ。そのルールを守らねばスポーツは成立しない。

江國氏は、そこのところを「遊びだからこそ、まじめに取組む必要がある。きちんとルールを守って厳格に遊んでこその遊びであって、すこしでも箍《たが》がゆるんだら、たちまち遊びの興趣がそがれること、麻雀と同じである」（本書二十三頁）と説く。

ルールの具体的な例として、第1章では文人の言語感覚としての洒落と駄洒落の区別を説きながらコピーライターを槍玉にあげる。俳句のキマリについて、第3章で定型、第4・5・6章で季語、第7章で切れ字を、それぞれ豊富な、そして説得力に富む実例をあげて解説する。いずれも専門俳人から見て異論のないオーソドクシーである。

とくに面白く読んだのは、第2章「自然恐怖症候群」で、俳句は自然を詠むもの……と決めつける一般的な考え方に対して「恥を忍んで書く。私は自然に興味がない。嫌い、とまではいわないが、どちらかというと好きではない」（本書二十九頁）と述べ、いわゆる定説（⁉）への率直な疑問を呈している。

この点について別著『旅はパレット』（新潮社刊）の「シャモニーの教え」の項で、

俳句というと、自然を詠むものだ、と頭からきめつけている多くの入門書に、かねがね反撥を感じていたので、自然が苦手だという同病同憂の士よ、そんな卑屈になることはない、草花の名を知らなくたって、これこのとおり、俳句ぐらいは作れますよ、という趣旨……


と再説している。

私が思うに、そうまでムキになって「自然恐怖」を強調することもないのではないか、自然不感症とは、それだけ人間好きということだろう。総じて人の心と無関係な芸術はなく、人と人との会話の詩であった連句から発生した俳句は、さらにそうである。ただし川柳とはちがい、俳句は自然（季語）を通じて人間を描くところに、大きな違いがある。

とすれば「自然恐怖」を「症候群」などと呼ばずに、もっと力強く人間表現の立場を強調してよいのではないか。——とはいえ、これは私の〝読み〟の不足で、「自然恐怖症候群」といういい方は、実は江國氏の逆説的表現かもしれない。前掲『神の御意』中の佳句のなかには、自然をシゼンに詠んだものもあるのだから……。

俳句人口は百万とも二千万ともいわれるが、〝俳句とは何ぞや〟の定義は、俳句人口の数だけ存在しよう。現代のこのような俳句ブームの中で、江國氏が料理を食べて楽しむ側、すなわちもっぱら「俳句を楽しむ」側から、俳句を作る専門家以上に正鵠を得た俳句観を、だれにでも納得できる構想構文で示された。

専門俳句家の中には花鳥諷詠の自然写生派や前衛性を強調する難解派もあるが、そこから生まれる偏った俳句解説書とは、およそちがう正統派の見解である。このことに深い敬意を表し、もって解説不要の本の〝解説〟に代えたい。

（たかは しゅぎょう／俳人）

『俳句とあそぶ法』　朝日新聞社　一九八四年二月
朝日文庫　一九八七年一月

編集付記

一、本書は『俳句とあそぶ法』（一九八七年一月 朝日文庫）を底本として文庫化したものである。

一、底本中、明らかな誤植と考えられる箇所は訂正し、難読と思われる語には新たにルビを付した。ただし、本文中の地名などは刊行時のままとした。

中公文庫

俳句《はいく》とあそぶ法《ほう》

2023年4月25日　初版発行

著　者　江《え》國《くに》　滋《しげる》

発行者　安部順一

発行所　中央公論新社
〒100-8152　東京都千代田区大手町1-7-1
電話　販売　03-5299-1730　編集　03-5299-1890
URL https://www.chuko.co.jp/

ＤＴＰ　嵐下英治
印　刷　三晃印刷
製　本　小泉製本

Published by CHUOKORON-SHINSHA, INC.
Printed in Japan　ISBN978-4-12-207350-0 C1195

定価はカバーに表示してあります。落丁本・乱丁本はお手数ですが小社販売部宛お送り下さい。送料小社負担にてお取り替えいたします。

中公文庫既刊より

各書目の下段の数字はＩＳＢＮコードです。978－4－12が省略してあります。

い-126-1
俳人風狂列伝
石川桂郎
種田山頭火、尾崎放哉、高橋鏡太郎、西東三鬼……。破滅型、漂泊型の十一名の俳人たちの強烈な個性と凄まじい生きざまと文学を描く。読売文学賞受賞作。
206478-2

た-91-1
俳句の五十年
高浜虚子
子規との出逢い、漱石との思い出、のちに俳風をめぐり対立した畏友、碧梧桐への敬愛。迷走と模索をし続けた日々を振り返る。〈解説〉岸本尚毅
206626-7

は-65-1
俳句の宇宙
長谷川櫂
十七文字という短い言葉以前に成立する「場」に注目した、現代俳句を考える上で欠くことができない記念碑的著作。サントリー学芸賞受賞。〈解説〉三浦雅士
205814-9

は-65-2
古池に蛙は飛びこんだか
長谷川櫂
蛙は本当に飛びこんだのだろうか。古池の一句の真実とともに、数々の名句について詳述。芭蕉はこんなにも面白いのかと驚きにあふれる一冊。〈解説〉川本三郎
205837-8

う-9-15
追懐の筆　百鬼園追悼文集
内田百閒
夏目漱石、芥川龍之介ら文学者から、親友・宮城道雄、学生、飼猫クルツまで。哀惜をこめてその死を悼み、思い出を綴る。文庫オリジナル。〈解説〉森まゆみ
207028-8

う-9-16
蓬萊島余談　台湾・客船紀行集
内田百閒
台湾へもう一度行き度くて夢に見る様である――友人に招かれ鉄路で縦断した台湾をはじめ、日本郵船での太平洋戦争直前の客船紀行を集成。〈解説〉川本三郎
207165-0

え-22-1
阿呆旅行
江國滋
「百閒文学の熱狂的信者」を自認する著者が、伊勢から長崎、岡山など全国二十四ヵ所をめぐった昭和の旅行記。胸に迫る百閒追悼文を増補。〈解説〉宮脇俊三
207057-8